KB118293

一

ボトルネック

BOTTLENECK
by Honobu YONEZAWA

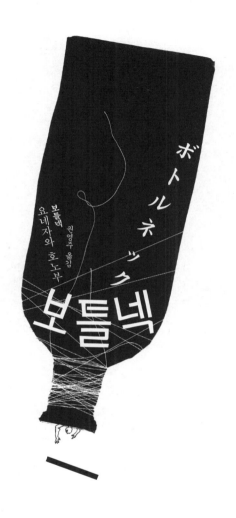

ボトルネック

보틀넥
요네자와 호노부
권영주 옮김

보틀넥

엘릭시르

차
례

ボトルネック 서장

────────

애도를 위한 꽃

형이 죽었다는 소식을 들었을 때 나는 사랑했던 사람을 애도하고 있었다.

스와 노조미는 이 년 전에 죽었다. 여기 도진보에서, 절벽에서 떨어져. 즉사였다니 그나마 다행이었다. 지난 이 년간 나는 노조미가 죽은 곳을 찾지 못했다. 꽃만이라도 바치려고 기일이 얼마 남지 않은 오늘 비로소 왔는데, 형 덕분에 오자마자 바로 돌아가게 생겼다. 죽는 것까지 하여간 심술부리듯 죽는다.

휴대 전화 저편에서 들리는 어머니 목소리도 언짢은 듯했다.

"오늘 경야를 할 거니까 일찍 돌아와. 너 같은 애라도, 없으면 모양새가 안 사니까."

충격은 받지 않은 듯했다. 형은 이미 오랫동안 의식 불명 상태로 회복될 가능성이 없었거니와 이제는 회복을 바라는 사람도 없었다. 딱하다고는 생각한다. 어머니는 나 들으라고 짐짓 한숨을 쉬고는 이어서 말했다.

"난 저녁은 돼야 갈 수 있으니까 망신스러운 일은 말고."

확실하게 슬퍼할 테니 걱정 말라고 생각했지만 입 밖에 내어 말하지는 않았다. 괜한 소리를 하는 것은 싸늘한 칼로 서로를 베는 짓이다. 그 대신 복장은 어떻게 하느냐고 실질적인 질문을 했다. 스와 노조미 때는 빈소에 가지 않았던 터라 경야도, 장례도 나는 처음 참석하는 것이었다.

"너 바보니? 교복이면 충분해."

어머니는 그렇게 말하더니 전화를 끊었다.

언짢을 만도 했다. 오늘 어머니는 '예전 친구'를 만나기로 되어 있었다. 형은 자신의 죽음으로 내 애도뿐 아니라 어머니의 밀회까지 방해한 셈이다. 오늘은 아버지도 '당일치기 출장'이라고 했다. 이렇게까지 남의 연애를 훼방 놓다니 그야말로 말에게 걷어차여 죽어 버려라 싶다. 실제로는 오토바이를 타다가 넘어져서 죽은 것이지만, 넘어진 지 너무 오래돼서 보험금도 못 받는다. 정말이지 무시무시하게 타이밍 못 맞추는 형이다.

서둘러야 한다. 어머니는 내가 외출한 것은 알지만 호쿠리쿠 본선本線 열차와 버스를 갈아타고 도진보에 와 있다는 것까지는 모른다. 지금은 정오. 어머니가 말한 저녁때까지 아직 시간은 있지만 가급적 빨리 돌아가야 한다. ……먼저 집에 도착해 교복으로 갈아입고 슬퍼하고 있지 않으면 어머니가 또 미쳐 버릴 것이다.

형의 사고는 자업자득이었지만 스와 노조미의 사고는 불운이었다. 이 년 전 그녀가 절벽에서 떨어졌을 때 주위에서는 자살이라고 수군거렸다. "노조미라면 그럴 수도 있어." "아니, 난 걔가 그럴 줄 알았다." "노조미는 그때 이미 결심했던 거야. 내가 그때 말렸으면……." 하지만 내 의견을 묻는다면, 그것은 터무니없는 착각이다. 그녀에게 염세적으로 보이는 부분이 있기는 했지만 자살했을 가능성은 없다. 경찰에서는 결국 사고로 결론을 지었고, 실제로 그랬을 게 틀림없다.

겨울철, 그녀는 천진난만한 사촌과 찾은 도진보에서 불운하게도 추락 사고를 당했다.

바닷가 절벽을 벗어나 산책로로 들어섰다. 기둥 모양의 바위가 우뚝 솟아 있고 동해 바다의 파도가 밀려드는 황폐한 절벽에는 추락 방지를 위한 철책조차 없다. 그러니 벼랑 끄트머리까지 다가가는 사람은 죽음을 바라는 이뿐이다. 그래도 소나무 숲 속으로 굽이굽이 뻗은 산책로를 나아가니 곳곳에 울타리를 둘러놓았다. 길이 좁아 특히 위험한 곳이나 비탈진 곳에.

아까부터 파도가 부서지는 묵직한 소리가 텅 빈 위에 쉴 새 없이 울려 속이 울렁거렸다. 후드티 위에 윈드브레이커를 걸쳤지만, 가로막는 것 하나 없는 바다에서 불어오는 북풍에 몸이 얼어붙는 것 같다. 이렇게 추운 날 절벽을 구경하려는 사람은 나 말고 없었다.

소나무들이 뜸해지고 조금 트인 곳으로 나왔다. 이곳에는 절벽 바로 앞에 울타리를 쳐 놓았다. 그래 봤자 키 작은 말뚝을 굵은 사슬로 이어 놨을 뿐인 간소한 것이었다.

나는 노조미가 정확히 어디쯤에서 떨어졌는지 알지 못했다. 하지만 잠시 둘러보니 바로 여기겠다 싶은 곳을 발견할 수 있었다. 다 삭은 말뚝, 바닷바람에 녹슬 대로 녹슨 사슬 중에 낡기는 했어도 비교적 새것인 말뚝과 사슬이 있었다. 내 무릎 높이쯤 오는 사슬은 영 미덥지 않아 보였다.

계절은 엄연한 겨울인데도 이곳으로 오는 길에 들꽃이 피어 있었다. 그것을 아무렇게나 뜯어 와 짜부라뜨릴 것처럼 움켜쥐고 있었다. 울타리 앞에 멈춰 서서 절벽 밑을 내려다보았다. 바로 밑에서 큰 파도가 거암에 부서지는 게 보였다.

손안의 짜부라진 흰 꽃을 응시했다. 그리고 수평선에 시선을 주었다가 하늘을 우러렀다. 오늘은 날씨가 맑다고 했건만, 하늘에 구름이 두껍게 깔린 것이 이러다 한바탕 쏟아질 성싶다. 언제나 이렇다. 호쿠리쿠 지방의 하늘은 늘 변덕스럽게 칙칙해지곤 한다. 스와 노조미는 이 칙칙함을 몹시 싫어했다.

노조미를 생각했다. 그녀는 확실히 자살하지 않았다. 노조미에게 상처 줄 수 있는 것은 그때 이미 아무것도 없었으니까. 그녀를 죽일 수 있는 게 있었다면 꿈의 칼 정도였다. 나와 노조미는 꿈의 칼을 비롯해 온갖 이야기를 하곤 했다. 내가 보기에 노조미는 불쌍한 애였다. 하지만 그것은 노조미가 어떻게 할 수 없는 일이었다. 노조미가 보기에 아무래도 나는 불쌍한 애였던 모양이지만, 그것 역시 내가 어떻게 할 수 없는 일이었다. 그녀가 죽고 나서 나는 슬퍼했다. 하지만 이 년이 지나 이렇게 꽃을 들고 벼랑 위에 서니 어쩐지 노조미가 부러웠다. 평범하기 짝이 없는 감상에 나도 모르게 쓴웃음이 났다.

자, 그만 가자. 이번에는 형을 애도해야 한다.

흰 꽃을 벼랑 밑으로 던졌다.

그러나 그때 휙 불어온 바닷바람에 작은 꽃이 떠밀려 돌아와 내 발치에 사뿐히 떨어졌다. 바람이 정말 세다.

노조미의 사고 원인은 이 강풍이었다고 들었다. 몸을 굽혀 꽃을 줍고 사슬 너머로 몸을 내밀어 벼랑 밑을 내려다보며 팔을 쭉 뻗어 손을 폈다. 흰 꽃은 크게 춤추면서도 이윽고 바위 밭으로 떨어졌다. 그것을 끝까지 지켜본 뒤 나는 발길을 돌렸다. 하늘을 올려다보니 짙은 구름에 빛을 거의 흡수당한 힘없는 태양이 있었다.

그때 문득 어디선가 쉰 목소리가 바람에 실려 들려왔다.

(이리 와, 사가노.)

……그 순간.

건강을 돌보지 않은 생활의 대가인지 강한 현기증이 덮쳤다. 온몸에서 핏기가 가시고 하늘과 땅이 뒤집힌 것처럼 평형감각이 없어졌다. 나도 모르게 두세 발짝 뒤로 물러나자 순식간에 허공에 붕 뜬 느낌이 피부에 전해졌다.

떨어졌구나.

기이한 일이다. 일 초도 걸리지 않았을 텐데, 나는 노조미도 이렇게 떨어졌겠다는 것과 형의 뒤를 따라 죽는 것은 절대 사양이라는 것, 이렇게 두 가지를 생각하고 있었다.

ボトルネック 제 1 장

——

갈림길의 밤

\ 1 \

추위에 몸이 비틀렸다.

물소리가 들린다. 간헐적으로 배 속 깊은 곳에 울리는 파도 소리와는 달랐다. 경쾌하게, 쉴 새 없이 들려왔다. 눈을 뜨니 눈앞에 강물이 흐르고 있었다.

강변 제방 위에 아스팔트를 깐 자전거 도로. 벤치 몇 개가 놓여 있다. 나는 그중 한 벤치에 누워 있는 듯했다.

고개를 돌려 보았다. 묵직하고 갑갑한 하늘 아래 물이 불어 세차게 흐르는 개천. 그 건너편에 터무니없이 큰 주차장을 갖춘 자스코 쇼핑센터, 그리고 저 멀리 건물들이 흐릿하게 보인다. 눈에 익은 풍경이었다. 눈앞의 개천은 아사노가와 강.

그리고 여기는 가나자와 시다.

이번에는 손을 보았다. 호쿠리쿠의 혹독한 겨울 추위에 두 손이 뻘겠지만, 움직여 보니 열 손가락 모두 이상 없이 움직였다. 벤치에서 일어나 몸을 내려다봤다. 회색 후드티에 검은 윈드브레이커. 때 묻은 흰색 카고 팬츠. 조금 전까지 입고 있던 방한복 차림 그대로다.

눈에 익은 풍경에 같은 복장. 그러나…….

나는 분명히 도진보에 있었다. 이 돈을 써 버리면 나중에 굶어야 한다는 것을 알면서도 가진 돈을 털어 스와 노조미를 애도하러 갔다. 그런데 어째서 가나자와에.

"어떻게 된 거지?"

발을 굴러 보았다. 스니커가 아스팔트를 밟자 몸에 진동이 느껴졌다. 온몸을 더듬어 보았지만 아픈 곳은 없었다. 지갑도 멀쩡히 있었다. 그 안에는 아와라 온천에서 가나자와로 돌아오는 차표까지 들어 있었다. 아와라 온천은 도진보에서 가장 가까운 역이다. 이 차표는 가나자와 역에서 샀던 왕복 승차권의 나머지 한 장이다. 그게 지갑에 온전히 남아 있는데, 나는 가나자와 시의 아사노가와 강변 벤치에 누워 있었다.

……분명히 알 수 있는 것은 이 표가 쓸모없어졌다는 사실 뿐.

문득 보니 엄지와 검지 사이에 짙은 녹색 얼룩이 묻어 있었다. 벼랑에서 던진 꽃을 뜯었을 때 묻은 것이다.

생각해 보았다. 꿈이라 하기에는 이상하다. 도진보에 갔던 것은 틀림없는 듯하다. 그런데 돌아온 기억이 없건만 가나자와에 있다. 그 말은, 꿈이라 친다면 지금이 꿈이라는 뜻이다.

바람이 불어닥쳐 나, 사가노 료는 추위에 몸을 부르르 떨었다. 꿈을 꾸는 중일 텐데.

아무래도 뭔가 혼란이 있는 것 같다. 그래, 차츰 생각난다. 나는 분명히 갑작스러운 현기증에 절벽 위에서 균형을 잃고…… 몸이 오싹해지는 허공에 뜬 느낌.

거기까지는 기억난다. 그렇다면 절벽에서 떨어진 나는 죽지 않고 살았지만 기억에 혼란이 온 걸까.

휴대 전화를 보았다. 지금이 언제인지 알고 싶었다. 표시된 날짜는 '2005년 12월 3일'.

"……."

12월 3일은 내가 도진보로 간 바로 그날이다. 태평하게 아사노가와 강변 벤치에서 자고 있을 리 없다.

불현듯 깨달았다. 휴대 전화가 통화권 이탈 상태였다. 이곳이 변두리이기는 하지만 자스코가 눈앞에 있는데 통화권 이탈이라니. 잠시 이것저것 만져 보았지만 표시는 달라지지 않았다. 고장 났나. 그렇다 해도 이상할 것 없다. 싸구려 구형 모델이니까.

또다시 찬 바람이 불었다. 동해를 건너오는 바람이 어찌나 찬지 강변에 계속 이렇게 있으면 뼛속까지 얼어붙을 것 같다. 어쨌거나 가나자와에 있으니 얼른 집에 가자. 교복으로 갈아 입어야 한다.

병원으로 실려 가지 않아서 그나마 다행이다. 경야 자리에서 슬퍼하는 동생 노릇을 다하면 어머니도 아무 말 않을 테고, 아버지에게 치료비를 부탁하지 않아도 된다.

가나자와 시 동쪽 이오 산계山系에서 시작되는 아사노가와 강은 사이가와 강과 더불어 가나자와로 흘러든다. 사이가와 강이 그대로 동해 바다로 흘러가는 데 비해, 아사노가와 강은 도중에 오노가와 강으로 이름이 바뀌며 그 어귀에 항구가 있다고 한다. 본 적은 없다.

그런 아사노가와 강을 따라 하류 쪽으로 걸어갔다. 겨울철이면 늘 부는 세찬 바람에 넌더리가 나 길을 꺾어 강변을 벗어났다. 오래된 연립 주택이며 함석지붕을 이은 좁은 단독 주택. 칙칙한 하늘 아래 좁은 골목을 빠져나오면 늘 다니는 간선 도로가 나온다. 그래 봤자 2차선이다. 이대로 완만한 비탈을 올라가면 길은 겐로쿠엔과 가나자와 성 사이를 지나 번화가인 고린보 방향으로 이어진다. 나는 길을 건너 산 쪽으로 향했다.

다시 주택가로 진입하는 길은 좌우로 완만하게 굽었다. 트럭 두 대가 잇따라 내 바로 옆을 지나쳤다.

점차 주위 집들의 모양새가 달라졌다. 기와지붕이 눈에 띄고, 마당이며 대문이 있는 집도 보이기 시작했다. 고급이라 할 수는 없지만 생활에 어느 정도 여유가 있는 사람들이 사는 주택가. 우리 집은 그런 곳에 있다.

벽돌색 지붕에 흰 외벽. 차 두 대가 간신히 들어가는 차고는 지금은 비어 있다. 어머니가 저녁이나 되어야 돌아온다는 말은 들었지만, 아버지도 아직 안 온 모양이다. 아니면 아버지는 혹시 모르는 걸까. 순간 그런 생각이 들었지만 바로 그럴 리 없다고 생각했다. 아버지에게 전화로 연락하는 것과 경야 자리에서 체면을 구기는 것, 둘 중 어느 쪽이 어머니에게 더 굴욕적일지 생각하나 마나다.

콘크리트 담장을 돌아 현관으로 다가갔다. ……그곳에서 못 보던 것을 발견했다.

추운 겨울에 어울리지 않는, 여름이 생각나는 선명한 주황색 스쿠터다. 조심성 있게 U 자 자물쇠까지 채워 남의 집 처마 밑에 세워 놓았다. 별 실례되는 짓을 다 한다. 조문객일까. 이렇게 눈부시게 밝은색 스쿠터를 타고 가족보다 먼저 달려올 친척이 우리 집에 있었던가. 아니면 형에게도 죽음을 슬퍼해 줄 사람이 한 명 정도는 있었나. 번호판에는 '가나자와 시'라고 씌어 있었다.

주머니에서 열쇠를 꺼냈다.

"……."

열쇠 구멍에 반쯤 들어가더니 그 이상 들어가지 않았다. 억지로 쑤셔 넣으면 자물쇠가 망가질 것 같다. 잠금장치를 교체했나? 대체 어느새. 경야라고 나름대로 서둘렀는데, 집에 들어가지도 못하다니 아무리 그래도 이상하다. 나는 어지간한 일은 그러려니 하고 받아들일 수 있는 사람이지만 어쩐지 아까부터 묘한 일만 이어지는 것 같다. 역시 추락 사고의 충격으로 이상해졌나. 문패를 봐도 검은 석재에 새겨진 이름은 분명히 '사가노'다.

고개를 갸웃했다. 어쨌든 몇 번을 시도해도 문은 열리지 않았다. 하는 수 없다. 집 뒤로 돌아가면 어딘가에 열린 창문이 있을지 모른다. 그 전에, 아무도 없으리라는 것을 알면서 장난으로 노크해 보았다.

"네, 나가요!"

그런데 기운 찬 목소리가 들려왔다.

당황하는 사이에 문이 열리고 여자가 나타났다. 연분홍 터틀넥 스웨터를 입고 밑에는 워싱 가공을 한 청바지. 쇼트커트 머리는 밤색으로 염색하고 입에는 막대 과자를 물었다. 활달해 보이는 눈과 적당히 손질했으면서도 힘찬 인상이 남아 있는 눈썹. 이목구비는 그런대로 단정하지만 보기 드문 미인이라 할 정도는 아니다. 하지만 어디서 본 느낌의 얼굴이었다. 나이는 나와 비슷하거나 조금 위이리라. 고등학생 이상이겠지만 스무 살이 넘었을 것 같지는 않다.

어쨌거나 처음 보는 여자다. ……나도 모르게 물었다.

"누구죠?"

돌아온 대답은 도저히 정상이라 할 수 없었다. 여자는 나를 슥 훑어보더니 입에 물고 있던 막대 과자를 왼손에 들고 이렇게 말했다.

"난 이 집 사는 사람인데…… 그러는 너야말로 누군데?"

다시 한번 말하지만 나는 어지간한 일은 그러려니 하고 받아들일 수 있다.

하지만 처음 보는 여자가 우리 집에 들어앉아 '이 집 사는 사람인데'라고 하는 것은 도저히 받아들이기 힘든 일이었다.

경계심이 커졌다. 신종 사기 수법인가?

신중하게 대답했다.

"난…… 이 집 사는 사람이야. 댁 같은 인간은 몰라."

여자가 눈살을 찌푸렸다.

"너……."

내 눈을 빤히 쳐다본다. 눈동자가 다갈색이다. 여자가 시선을 거두며 말했다.

"신종 사기야?"

선수를 빼앗겼다. 적반하장도 유분수다.

"그건 내가 할 말인데. 아무도 없는 집에 들어가서 대체 무슨 짓을……."

"아무도 없다니, 내가 있잖아. 이거 봐, 여긴 사가노란 가족이 사는 집이야. 너희 집이 아니라고."

나는 한껏 눈에 힘을 주고 노려보았다.

"난 사가노 료야."

그러자 여자는 눈을 휘둥그렇게 뜨더니 왼손에 든 막대 과자를 내게 들이댔다. 무슨 연극이라도 하듯 과장된 동작이다.

"사생아!"

……나는 어지간하면 화내지 않는다. 화를 낸다는 것은 자기주장의 한 방법으로, 주장이 없으면 화낼 필요도 없기 때문

이다. 장난밖에 재주가 없는 질 나쁜 인간들도 놀리는 재미가 없다며 저절로 떨어져 나갈 만큼, 나는 어떤 일에도 쉽게 화를 내지 않는다.

하지만 여기에는 울컥했다. '정곡을 찔려서'에 가깝기는 해도 어쨌든 사생아는 아니다.

"그건 댁이겠지."

"음, 내가?"

여자는 딱히 동요하는 기색도 없이 막대 과자를 들고 한 입 베어 물더니 허공을 노려보며 생각에 잠겼다.

"그래, 나란 말이지."

그 태도에 내 경계심은 한층 강해졌다. 이 여자는 종잡을 수 없는 문답으로 시간을 벌고 있는 게 아닌가. 문간에서 나를 붙들어 놓고 한패…… 즉, 빈집털이인지 뭔지가 달아나도록 도와주는 게 아닌가. 내 물건 중에 값나가는 건 없지만, 어쨌거나 이 이상 우리 집에 문제가 발생하는 것은 아무리 그래도 우울하다.

"시간을……."

벌지 말라고 하려는데, 여자가 내 눈을 똑바로 바라보며 냉담한 명령조로 말했다.

"너, 이 집 가족 구성원을 한번 말해 보지?"

"그런 걸 왜……."

"네 머릿속이 궁금하니까."

울컥하면서도 도둑일지 모르는 상대방에게 집에 관한 정보를 알려 준다는 것은 있을 수 없다고 생각했다. 그런데 여자는 내 그런 반응을 예상한 듯했다.

"뭐, 사실 대문 문설주의 문패에 적혀 있긴 하지만. 그걸 안 보고 말해 보라고."

아닌 게 아니라 여자의 말대로 현관 문패에는 '사가노'라고만 씌어 있지만, 대문 쪽에는 가족 이름이 다 있다. 감춰 봤자 의미가 없다. 여자에게 주도권을 잡힌 것에 막연히 불안감을 느끼며 마지못해 대답하는 수밖에 없었다.

"사가노 아키오, 하나에, 하지메, 료, 이렇게 네 식구. 다만 하지메는 이젠 없어."

"……어중간하게 맞혔네. 그럼 난 어디 들어가는데?"

"댁이 왜 그 안에 들어가지?"

"너 고등학생이지? 그렇지만 중학생이나 다름없어. 1학년이구나?"

대답은 하지 않았지만 맞았다.

여자는 막대 과자 끝을 조금 베어 물었다.

"……네가 분명히 사가노 아키오와 하나에 사이에 태어났고 고등학교 1학년이라면 내 동생이란 뜻인데 말이지. 난 이렇게 죽은 물고기 같은 눈을 한 동생이 없거든. 게다가 넌 이 집에 살고 있었다고 하고. 정상적으로 생각하면 너한테 해 줄 말은 '얘, 너 어디 이상한 거 아냐?' 정도인데."

"나도 누나 같은 거 없어. 댁한테 해 줄 말은 '작작 좀 하시지? 경찰에 신고한다'야."

치미는 울화를 억누르며 내뱉듯 말했다. ……그러나 내 발언이 부정확했음을 깨닫고 어물거렸다.

"……누나는 태어나지 않았어."

"엥?"

나는 여자를 경계하고 있었고, 여자도 현관 밖으로 나오려 하지 않았다. 일촉즉발 상태까지는 아니지만 긴장감이 팽팽히 감돌고 있었다. 그런데 여자는 그것을 살짝 누그러뜨리듯 웃음기를 머금은 표정을 짓더니 말했다.

"너한테 하나 더 물어보고 싶은데."

옆에 있던 스쿠터를 가리킨다. 태평스러운 주황색 스쿠터.

"이 스쿠터 말이야, 실은 그냥 스쿠터가 아니거든. 평범한 물건이 아니란 말이지. 심지어 스쿠터가 아닐지도 몰라. ……어떻게 평범하지 않을 것 같아? 생각나는 대로 한번 말해 보지?"

넌더리가 났다.

"대체 뭔 소리를 하는 건지. 그만 좀 해라. 난 바쁜 사람이야. 자꾸 그러면 경찰을 부르겠어."

부모가 돌아오기 전에 교복으로 갈아입고 준비하고 있어야 한다. 모르는 여자의 맥락 없는 이야기에 맞춰 주고 있을 때가 아니다. 느닷없이 덤벼들지 모르니 한 발짝 뒤로 물러나 주머니에서 휴대 전화를 꺼냈다. 그러나 내가 폴더형 전화기를 열기도 전에 여자의 오른손에는 열린 전화기가 들려 있었다. 좋아하는 색인지, 그것도 주황색이었다. 나는 그제야 여자가 줄곧 오른손을 등 뒤로 돌리고 있었음을 깨달았다. 내내 전화기를 들고 있었던 것이다.

여자는 눈을 가느다랗게 뜨고 냉랭하게 말했다.

"이거 봐. 너 아무래도 내가 불법 침입자라고 생각하는 것 같은데, 내 눈엔 네가 헛소리를 늘어놓는 위험한 인간으로 보이거든. 지금까지 한 이야기로 대충 짐작 가잖니? 나도 이거 신고하는 게 좋지 않을까 싶었지만, 타인을 개입시키기 전에 먼저 잠깐 의사소통해 보자고 제안하는 거야. 간단한 Q&A 잖아. 한번 해 봐."

노여움이 어린 말투는 아니었다. 그저 왜 이렇게 이해력이 부족하냐고 조용히 나무라는 듯했다.

아닌 게 아니라…… 나와 이 여자가 하는 말은 서로 어긋난다. 서로 상대방을 자기 집에 불법 침입한 수상한 인간이라 주장하고 있다. 그 점은 인정한다.

"어때?"

눈앞의 여자는 켕기는 눈치가 조금도 없었다. 만약 그녀가 빈집털이 일당의 한패라면 이 정도로 '자기 집에 있는 것처럼' 태연할 수 있을까? 도대체 빈집털이가 그 집 사람에게 '나는 이 집에 사는 사람입니다' 하고 거짓말한다는 소리는 들어 본 적도 없다.

그리고 잊어버리고 있었지만 내 휴대 전화는 현재 고장 났다.

보아하니 대화를 할 필요가 있을 성싶었다. 다만 그 대화 방법이 '간단한 Q&A'라는 게 이해가 안 된다. 스쿠터가 뭐 어쨌다는 말인가?

……여자에게 무슨 생각이 있다면 좋다, 그에 맞춰 주자. 그리고 단순히 시간을 벌려는 수작이라는 게 밝혀지면 그때 가서 다시 생각하자. 나는 들고 있던 휴대 전화를 닫고 스쿠터를 훑어보았다.

주황색에, U 자 자물쇠를 채운, 가나자와 시 번호판이 붙은 스쿠터. 심하게 지저분하다고 할 정도는 아니지만 광이 날 정도도 아닌, 아무리 봐도 평범한 스쿠터.

"이 스쿠터는……."

여자의 눈이 웃었다. 다갈색 눈이. 어디서 본 것 같은데.

"그 스쿠터는?"

"속도 제한 장치를 꺼서 다른 스쿠터보다 빨리 달릴 수 있어."

그 순간, 여자가 만족스레 고개를 끄덕였다.

"오케이! 좋아, 네 말을 믿겠어, 사가노 료. 서서 이야기하기도 그런데 들어오셔."

그렇게 말하며 문을 활짝 열었다. 갑자기 태도가 표변했다. 여자는 경계를 푼 것 같지만, 나는 그럴 이유가 없다.

"사양 말고 얼른."

"사양을 왜 해?"

안으로 들어서는 나를 여자가 유심히 살펴보았다.

"방금 그 질문은 대체 뭐지? 그리고…… 댁도 이름 정도는 밝히지그래?"

슬리퍼를, 우리 집 물건인데도 나는 처음 보는 줄무늬 털 슬리퍼를 신더니 여자는 자신의 가슴에 손을 댔다.

"나? 난 사가노 사키야. 뭐, 잘 부탁해. ……둘 중 하나의 속임수가 들통 날 때까지!"

역시 속임수인가?

<h1>\2\</h1>

신발장 위에는 처음 보는 유리 꽃병. 흰 벽지와 짙은 갈색 마루가 깔린 복도. 사키라고 이름을 밝힌 여자는 안쪽을 가리켰다.

"거실로 가자."

무슨 속셈인지 뻔하다. 나를 앞장세워 집 구조를 아는지 시험하려는 것이다. 안으로 들어오라는 듯 손을 뻗은 데서 사키의 성격이 얼핏 보인 것 같았다. 우리 집 거실로 가는 데 복도를 지날 필요는 없다. 신을 벗고 들어와 바로 오른쪽 문으로 들어가면 된다.

"그럼."

나는 서슴없이 문고리를 돌렸다. 물론 등 뒤에 대한 경계를 게을리하지 않았다. 정체를 알 수 없는 여자의 그럴싸한 말에 넘어가 방심했다가 등 뒤에서 당하는 것은 사양이다. 곁눈으로 흘깃 본 사키는 내가 거실 문을 맞힌 것 때문인지, 웃고 있었다. 묵직한 나무 문을 체중을 싣듯 해서 밀었다. 문이 워낙 뻑뻑해서 그렇다.

문을 열면 정면에 마당으로 이어지는 창문이 있다. 햇빛을 들이기 위한 구조인데 오늘은 칙칙한 하늘이 보일 뿐이다. 크림색 소파, 다리가 검은색인 유리 테이블. 흰 커튼. 구석에 놓인 텔레비전 받침대와 그 위의 액정 텔레비전. 식당을 겸하는 거실은 시스템키친과 이어져 있다. 오랫동안 살아온 집의 오랫동안 봐 온 방이다.

……여기저기 배치가 미묘하게 다른 것 같기는 하지만. 그래도 도둑이 어질러 놓은 분위기는 아니었다.

"아무 데나 적당히 앉아."

여자가 아무렇게나 말했다. 주도권을 상대방에게 계속 빼앗길 수만은 없다. 나도 사키를 시험해야 한다. 사키가 이 집에 사는 사람이라고 주장한다면…….

"미안하지만 커피 좀 마실 수 있을까?"

한 박자 쉬었다가 말을 이었다.

"크림하고 설탕 둘 다 넣어서."

사키는 어이없다는 표정으로 나를 바라보았다.

"초면에 마실 것까지 요구하다니…… 뭐, 좋아. 무슨 생각인지 아니까. 정 뭐하면 손님용 고급 찻잔에 줄까?"

그렇게 말하며 문 옆의 장식장을 손등으로 쳤다. 유리문 안에는 사키 말대로 금테를 두르고 장미를 돋을새김한 손님용 고급 찻잔이 진열되어 있다. 나는 그것을 사용하는 모습을 한 번도 본 적이 없었다. 사키는 진심으로 한 말인지 유리문을 열고 잔 손잡이에 검지를 걸었다. 몸을 완전히 장식장 쪽으로 돌리지는 않고 비스듬히 틀었다. 내게 등을 보이지 않으려 하는 것을 알 수 있었다. 천연덕스럽게 이야기하는 것 같아도 사키 역시 나를 신뢰하지 않는다는 뜻이다.

사키는 고급 찻잔을 손가락에 걸어 늘어뜨린 채 부엌으로 갔다. 계속 지켜보자, 레인지 위에 주전자가 있는데도 주저 없이 커피메이커에 손을 뻗었다. 찬장에서 원두 봉지를 꺼내 커피메이커를 설정하고 자신의 컵을 식기장에서 꺼냈다. 이 부엌에 익숙하다는 게 명백했다.

보아하니 사키는 거짓말을 하는 게 아닌 듯했다. 내가 이 집에 익숙한 것처럼 사키 또한 이 집을 잘 알고 있다.

이렇게 되면 뭐가 어떻게 된 것인지 도무지 알 수 없어진다. 나는 분명히 누나가 없다. 아니면 도진보에서 추락한 충격으로 그 기억만 머릿속에서 누락됐다는 말인가. 아니, 추락한 게 아니던가?

어쩐지 속이 안 좋아졌다. 형의 장례식은 어떻게 됐을까.

소파에 앉았다. 내가 늘 앉는, 텔레비전에서 유리 탁자를 끼고 대각선으로 맞은편 자리다. 유리 탁자 위에는 열려 있는 막대 과자 상자가 뒹굴고 있고, 소파 위 방석에는 잡지를 엎어 놓았다. '방금 전까지 읽고 있었는데 손님이 와서 일단 엎어 놓았다'고 보이지 않을 것도 없다. 무슨 잡지인가 싶어 표지를 보니 의자 전문지였다. 의자? 아버지도, 어머니도, 형도 그런 취미는 없는데. 물론 나도. 지금 내가 앉아 있는 자리에 사키가 앉아 이 잡지를 읽는 모습을 떠올려 보았다.

"가구에 관심이라도 있니?"

고개를 들자 사키가 쟁반에 찻잔 두 개를 받쳐 들고 서 있었다.

"설탕이랑 크림 둘 다 넣는댔지?"

그렇게 말하며 평소 쓰는 흰 찻잔과 장식품이나 다름없었던 금테 두른 찻잔을 유리 탁자 위에 내려놓았다. 손님용 찻잔에는 전용 잔 받침도 있는데, 사키는 평소 쓰는 잔 받침에 내왔다. 어쩌면 그만큼 뭐가 어디에 있는지 부엌 사정을 잘 안다고 주장하는 것인지 모른다. 스틱 설탕과 플라스틱 그릇에 든 크림. 찻숟가락. 완벽하게 충족된 요구에 나는 그저 고맙다고 하는 수밖에 없었다.

사키는 잡지를 치우고 방석을 집더니 카펫 위에 놓고 정좌했다. 내가 앉은 소파는 3인용이지만, 이 집에서 두 명 이상 나란히 앉는 일은 없다. 지금도 그렇다. 서로 상대방을 경계하는 우리 둘이 어깨를 나란히 하지 않는 것은 자연스러운 일이었다.

사키는 블랙으로 보이는 커피를 마시며 눈을 위로 치뜨고 나를 관찰했다. 나는 스틱 설탕을 뜯어 찻잔에 넣었다. 달카닥달카닥 소리 내어 커피를 젓는데 갑자기 사키가 말했다.

"그러니까 넌 네가 이 집 둘째 아들이라고 주장하는 거지?"

"……주장이고 뭐고 실제로 그렇다니까."

"그런데 이 집은 아들 하나 딸 하나란 말이지. 진짜로. 뭐, 오빠는 이젠 없지만."

형이 죽은 것은 아마도 오늘일 텐데, 그 사실을 아는 사람이 대체 얼마나 될까. 사키는 어떻게 그 사실을 알고 있으며, 어떻게 이렇게 아무렇지도 않게 이야기할 수 있을까. 나와 어머니, 아버지가 아무리 형의 죽음이 시간문제라고 생각하고 있었다 해도 이런 식으로 이야기하지는 못한다.

사키는 찻잔을 내려놓고 깍지 끼더니 몸을 살짝 내밀었다.

"그래서 너한테 물어보고 싶은 게 있는데. 아까 말한 '누나' 말이야. 태어나지 않았다고 했지? 생략한 부분이 있으면 한번 말해 보지? 의외로 재미있는 이야기가 될 듯한 예감이 들거든."

재미있는 이야기가 아니다. 나는 커피를 젓던 손을 멈추고 조그맣게 숨을 내뱉었다. 사가노가에 벌어진 일은 하나같이 전혀 드물 것 없는, 세상에 흔히 널린 이야기며, 누나와 관련된 에피소드도 재미있어지려야 재미있어질 수 없다.

단순한 이야기다.

"……어머니는 형을 낳고 나서 둘째를 임신했어. 하지만 둘째는 태어나지 않았어. 배 속에서 죽은 모양이야."

"모양이야?"

"물론 내가 태어나기 전 일이니까 자세한 사정은 몰라. 아버지하고 어머니는 자식을 둘 낳을 생각이었어. 둘째 애가 유산됐으니 셋째를 낳았어. 그게 나야."

"흠."

사키는 깍지를 풀더니 이번에는 팔짱을 끼었다.

"……그렇단 말이지. 너랑 네 형은 몇 살 차이인데?"

"네 살."

"둘째가 유산되고 몇 년 뒤 네가 태어났고?"

세세한 질문에 나는 눈살을 찌푸렸다.

"그런 건 몰라. 태어나기 전 이야기니까."

"그렇지만 그 애가 딸이었다는 건 아는구나."

"지장보살상이 있거든. 죽은 태아의 공양을 위한. 이름이 '쓰유'였어."

"……이슬처럼 덧없이 사라지는 목숨이란 뜻일까. 하여간 안이한 작명 센스네. 하지만 확실히 우리 집 식구들답긴 한 걸. 난 달을 다 못 채우고 태어났다고 사키니 말이야."

아닌 게 아니라 부모의 작명 센스는 상당히 안이하다. 자식을 둘 낳을 생각으로 첫 애의 이름을 하지메로 지었다. 이슬처럼 사라졌으니 쓰유. 그리고 내 이름인 료는 '애는 이것으로 결단코 끝•'이라는 의미라고 한다.

조금 전 사키는 막대 과자를 지휘봉처럼 흔들더니 이번에는 검지를 두세 번 리드미컬하게 흔들었다.

"시기적으로는 이상하진 않네. 그야 쓰유가 몇 개월 때 유산됐는지에 따라 다르겠지만……. 너, 1990년생이지? 혹시

● 쓰유, 사키, 하지메, 료는 일본어로 각각 이슬, 먼저, 시작, 끝을 의미한다.

학교 일찍 들어가지 않았어?"

나는 그 말을 듣고 당황했다.

"맞는데……."

"내가 1988년 11월생이니까 계산은 맞는단 말이지. ……
아하하, 재미있는걸!"

혼자 웃은들 곤란하다. 나는 처음으로 사키가 제정신인지
의심했다. 빈집에 숨어들어 주방용품의 위치를 파악하고 자신
의 스쿠터도 처마 밑에 세워 놓고, 귀가한 그 집 사람을 영문
을 알 수 없는 헛소리로 현혹한다. 그래서 무슨 이득이 있다는
것인지 알 수 없지만, 제정신이 아니라면 이야기는 별개다.

"뭔 소리인지……."

넌더리 팔십 퍼센트에 의혹 이십 퍼센트로 그렇게 중얼거
리자, 사키는 가볍게 고개를 흔들었다.

"상상해 보란 말이야, 상상! 넌 아키오의 아들이고 하지메
의 남동생. 난 아키오의 딸이고 하지메의 여동생. 하지만 서
로 안면은 없어. 게다가 둘 다 여기가 자기 집이라고 생각하
고. 자, 둘 다 거짓말을 하는 게 아니라면 대체 어떤 해석이
가능할까요?"

"어떤 해석이라니."

"하긴 너한테는 무리겠다. 상상력이 없으니까."

……고개를 움츠리고 발치만 보고 있으면 대부분의 폭풍우는 넘길 수 있는데, 상상력이 뭐가 어떻다는 말인가.

사키는 검지를 가볍게 내젓더니 나를 가리켰다. 웃음기를 머금은 눈빛과 목소리로 말했다.

"결정적인 해석은 이거. ……두 개의 가능 세계가 교차했다. 사가노 쓰유가 무사히 태어난 세계와 태어나지 않은 세계가."

"……."

"요컨대 네가 말하는 쓰유가 나란 거지. 어때?"

두 개의 가능 세계. 오컬트라고 해야 할지, 판타지라고 해야 할지. 어떠냐고 물으면 답은 하나뿐이다.

"댁의 머리, 정상이냐는 말밖에 할 말이 없는데."

사키는 발끈하는 기색도 없이 도리어 기뻐하듯 손가락을 쳐들었다.

"정상이 아닐지도 모르지. 내가 미쳤거나, 네가 미쳤거나, 그것도 아니면 상황이 미쳤거나. 난 오늘 아침부터 집에서 지금 네가 버티고 앉은 소파에 누워 텔레비전도 보고, 잡지도 보고, 그야말로 평화로운 토요일을 보내고 있었다고. 문제는 너야. 넌 오늘 뭘 했지?"

나는 대답하려다 말고 입을 다물었다. 나 또는 사키, 그도
아니면 상황. 셋 중 하나가 미쳤을 경우, 내 기억에 따른다면
수상한 것은 나 자신이다. 나는 그 사실을 인정하기 싫어서
강한 어조로 잘라 말했다.

"대답하고 싶지 않은걸. 댁의 말은 하나도 못 믿겠어."

"하나도 못 믿겠다는 건, 내가 여기 누워서 막대 과자 먹고
있었다는 데서부터?"

"하나부터 열까지, 댁이 사가노 사키라는 데서부터."

사키는 과장되게 어깨를 으쓱하며 구제 불능이라는 듯 고
개를 내저었다.

"거기서부터란 말이지. 하지만 그건 얼마든지 증명할 수
있거든. 예컨대…… 그래."

사키는 일어나 문 옆 장식장 앞에 서서 몸을 굽혔다.

"보험증 보여 주는 건 좀 위험할 것 같고. 음, 어디 갔지?
여기 있었을 텐데."

장식장에는 지금 내가 쓰고 있는 손님용 찻잔 외에, 아무
리 봐도 여행 기념품 정도의 가치밖에 없는 곰 목각 장식품이
며 건전지가 들지 않은 시계, 내력을 알 수 없는 트로피 등이
들어 있었다. 그리고 그 한쪽 끝에 빨간 테두리를 두른 흰 접
시가 엎어져 있었다.

그것을 깨달은 순간, 그야말로 세상이 뒤집힐 만큼 큰 충격을 받았다. 순간 핏기마저 가신 듯했다. 눈에 익은 접시였다. 분명히 깨졌을 텐데. 산산조각 나서 재활용 쓰레기봉투 밑바닥에 처넣어져 이미 오래전에 이 집에서 사라졌을 접시가 그곳에 있었다.

나도 모르게 찻장과 문 사이의 벽에 눈길을 주었다가 또다시 눈을 크게 떴다. 그곳에는 반드시 달력이 붙어 있어야 했다. 그런데 내 시선이 향한 곳에 아무것도 없었다. 흠집 하나 없이 깨끗한 흰 벽지가 내 인식을 거세게 뒤흔들었다.

"아, 여기 있다."

속 편한 목소리로 말하며 사키가 꺼낸 것은 중학교 졸업 앨범이었다. 사키가 편 페이지에는 세미롱 길이의 검은 머리에 눈매가 유난히 사나운 여자애의 사진이 있고, 그 밑에 '사가노'라고 씌어 있었다. 나는 넋이 나간 상태였던 터라 무심코 머릿속에 떠오른 그대로 말하고 말았다.

"이게 왜?"

"'이게 왜'라니!"

사키는 손바닥으로 앨범을 탁 내리쳤다.

"나라고, 나! 이거 나라고!"

밤색 쇼트커트 머리에 기본적으로 기운 넘치는 사키와, 어

딘지 모르게 자포자기한 느낌의 사진 속 여자애를 번갈아 보
았다.

"……뭐, 정 그렇다면야."

"내 말 안 믿는구나."

"그런 건 아닌데, 너무 달라서."

사키는 짧은 앞머리를 쓸어 올리며 웃었다.

"생김새로 판단하면 안 되지……. 그 나도 역시 나야."

사진은 아무래도 상관없었다.

부서진 것은 원 상태로 돌아가지 못한다. 깨진 접시가 그
곳에 있다는 사실만으로 미친 게 상황이라는 것은 이미 명백
했다. 나는 어지간한 일은 그대로 받아들일 수 있다. 중얼거
리듯 말했다.

"믿어."

"그래, 이건 내 사진이고, 난 사가노 사키야."

"그게 아니라 댁이 쓰유라는 걸."

사키는 졸업 앨범에 손을 얹은 채 유심히 뜯어보는 듯한 눈
초리로 나를 바라보았다. 내가 계속해서 멍하니 있자, 사키
는 씩 웃었다.

"……뭐, 믿는다고 할지, 그게 네가 우리 집 문을 두들겼
을 때부터 일관되게 주장했던 거잖아. 네 말을 그대로 해석하

자면 난 태어나지 않았던 네 누나일 수밖에 없어. 넌 믿을 수밖에 없었던 거야. 네가 믿는다고 말했다는 건, 최소한 자기가 한 말의 의미를 알았다는 뜻이고."

"댁은…… 안 믿는다고?"

사키는 졸업 앨범을 덮으며 아무렇지도 않게 말했다.

"난 믿을 이유가 없어."

그러더니 조그맣게 웃음을 터뜨렸다.

"하지만 아하하, 나 대신 태어난 남동생이라. 이야기로선 제법 재미있다고 생각했는데 말이야. 이게 기묘한 농담이라 해도 난 농담에 맞춰 주는 거 별로 싫지 않거든. ……뭐, 기본적으론 그렇다는 뜻이지만."

사키는 졸업 앨범을 장식장 서랍 속에 되돌려 놓고 방석에 다시 와서 앉았다. 한쪽 무릎을 세운 자세로 커피를 단숨에 다 마시더니 정좌하고 깍지를 끼었다.

"그럼 한 번 더 물어볼까. 너 오늘 무슨 일을 했니?"

갈증이 나서 나도 설탕을 넣은 커피를 입에 머금었다. 말하나 마나 한 것은 말 않는 편이 낫다. 스스로도 믿기지 않는 이야기였지만 쓸데없는 주석은 달지 않기로 했다. 손을 내려다보면서 입을 열었다.

"도진보에 갔어.

전화가 와서 바로 가나자와로 돌아와야 했어. 그래서 꽃을 벼랑 밑으로 던지려고 했는데…… 현기증이 나서 밑으로 떨어진 것 같았거든…….

정신이 들어 보니 아사노가와 강변에 있었어. 그래서 일단 집으로 돌아와 본 거야."

곁눈으로 사키의 반응을 살폈다. 사키는 내일의 일기예보라도 듣는 것처럼 태연한 표정으로 상자에서 막대 과자를 하나 꺼냈다. 끄트머리를 깨물어 먹더니 나에게 들이댔다.

"터무니없네."

"그래."

"도진보에 있는가 했더니 근처 강변에 있었다니. 그거 초자연 현상이잖아. 진짜야?"

진짜냐고 물은들 진짜라고 납득시킬 재료가 없다. 내가 처음부터 백일몽을 꾼 게 아님을 보여 주는 것이 지갑 안에 있긴 한데…….

일단 보여 주었다. 아와라 온천에서 가나자와로 돌아오는 차표. 사키는 그것을 꼼짝 않고 바라보았다.

"……발행일은 오늘. 산 곳은 가나자와 역. '왕복' 스탬프도 찍혀 있고. 사기만 하고 안 쓰면 그만이니까 아무런 증거도 못 되지만. 뭐, 그렇지만 일부러 구백오십 엔 들여서 차표를 준비했다고 생각할 이유도 없긴 하네."

그러더니 거의 처음으로 나를 의아한 눈초리로 바라보았다.

"그게 진짜라면 너, 보기보다 배짱 좋다. 집에 왔을 때 너, 별로 패닉에 빠진 것 같지 않았다고. 나 같으면 뭐가 뭔지 모르겠다고 머리를 쥐어뜯었을걸."

배짱이 좋은 것과는 다르다. 나는 웬만한 일은 간단히 설명할 수 있다. 요컨대 이런 이야기다.

"뭐가 뭔지 알 수 없는 건 맞아. 패닉에 안 빠진 것도 아니고. 하지만…… 어쩔 수 없는 일은 받아들이는 수밖에 없잖아."

"음……."

사키의 표정에 묘한 그늘이 떠올랐다. 그러나 그도 한순간, 금세 고개를 끄덕이더니 웃으며 말했다.

"뭐, 머리를 쥐어뜯어 봤자 머리 모양만 망가지지 아무것도 해결 안 되는 건 맞지만."

\3\

"두 개의 가능 세계가 교차했다는 헛소리를 가설로 삼는다면, 단순히 합류한 게 아니라 네가 내 세계로 왔다는 게 확실한 것 같지?"

나는 조그맣게 고개를 끄덕였다. 내게 벌어진 일은 아닌게 아니라 상궤를 벗어난 일이었고, 물증도 이 집이 내가 아는 사가노가 아님을 똑똑히 보여 주고 있었다. 그러나 내가 정체를 알 수 없는 사태에 말려들었다는 위기감이라고 할지, 절박감은 그다지 느껴지지 않았다. 사키의 이야기를 들으며 나는, 보아하니 형의 장례식 생각은 안 해도 될 듯하다는 생각을 하고 있었다. 이곳에서는…… 사키가 있는 이쪽 세계에서 형 하지메는 이미 오래전에 죽은 모양이다. 아닌 게 아니라 형의 죽음은 시간문제였으니 이쪽에서 다소 일찍 세상을 떠났어도 이상할 것은 없다. 연애를 훼방당한 아버지와 어머니 사이에서 형을 애도하며 하룻밤을 보내지 않아도 될 모양이다. 그 점을 생각하면 적어도 마음은 편하다.

사키는 내게 말한다기보다 자신의 생각을 정리하듯 중얼거렸다.

"만약 그런 일이 정말 있다면 당연히 네 기억이랑 여기저기 조금씩 다를 거야. 너는 너대로 고등학교 1학년까지 이 도시에서 살았고, 나도 나대로 고등학교 2학년까지 여기 있었지. 인간 한 명으로 뭐가 얼마만큼 달라질지……."

그러더니 얼굴이 환히 빛났다.

"아하하, 그 어떤 양자 역학자도 할 수 없는 장대한 실험인걸."

"그럴까……."

"나비 효과가 엄청난 변화를 가져왔을 것인가, 아니면 가나자와의 일개 고등학생이 남자냐 여자냐 하는 것만으론 세계에 아무런 변화도 없을 것인가. 얘, 너."

사키는 팔을 벌리고 거실을 빙 둘러보았다.

"어때? 네 기억이랑 다른 데가 있어? 틀린 그림 찾기를 하는 것처럼 나한테 한번 말해 보는 거야!"

'틀린 그림 찾기'라는 말이 어쩐지 마음에 걸렸다. 이쪽 세계와 내 세계에 차이가 있다고 틀렸다고 할 수는 없을 것 같은데. 그것을 틀렸다고 하는 것은 좀 잔인하지 않나. ……하기야 매우 흡사한 것 두 개를 비교해 차이점을 찾는 행위를 '틀린 그림 찾기'라는 놀이에 견주는 것은 무리한 비약은 아니다. 나는 아무 말 하지 않았다.

명백한 차이점은 물론 이미 발견했다. 장식장 속의 접시. 내 세계에서는 깨져서 이미 버렸던 그것이 이곳에서는 그저 엎어져 있을 뿐이다. ……하지만 잘 생각하면 둘 사이에 의미상의 차이는 없을 것 같았다.

그 접시에는 사진이 프린트되어 있을 터였다. 삼 년 전 깨졌다.

이쪽에서는 깨지지 않았다. 하지만 엎어 놓았다. 그렇다면 역시 의미상의 차이는 거의 없을 것이다.

사키는 내 시선을 좇아 장식장을 돌아보았다.

"어? 뭔데?"

"아니…… 별건 아니고."

나는 중얼거렸다가 살짝 웃었다.

"그래, 다만…… 내 세계에선 장식장하고 문 사이에 달력이 걸려 있었거든. 그런데 이쪽엔……."

방 안을 빙 둘러보다가 달력을 대신할 만한 것을 발견했다. 달력이 걸려 있었던 벽의 정반대 편, 마당으로 나갈 수 있는 유리문 옆에 꽃바구니를 그린 그림이 걸려 있었다. 나는 그 그림을 가리켰다.

"저게 걸려 있어."

"아, 저건 음, 좀."

사키는 얼버무리듯 애매하게 웃었다. 달력이 됐든 그림이 됐든 그게 걸려 있는 이유는 분명 똑같을 것이다. 그렇다면 설명하고 싶지 않은 기분도 이해한다. 흡사 내 일처럼 아주 잘 이해되었다.

일어나 천천히 방 안을 걸어 다녔다. 가구는 모두 내가 아는 것이었다. 하지만 가만히 살펴보면 텔레비전 화면이나 팩스 전화기 버튼 사이 같은 곳에 살짝 먼지가 앉아 있다. 이건 내가 사는 세계와 다르다.

"거실을 청소하는 사람이…… 어머니 아니지?"

그 순간, 사키가 벌레 씹은 표정을 지었다.

"혁, 그런 것까지 알겠어?"

"그럼 댁이……."

사키는 장난기 어린 과장된 태도로 머리를 싸안았다.

"그래. 저번에 청소한 사람은 나야. 뭘 보고 알았어?"

"전화 버튼 사이에 먼지가……."

"시동생이다! 동생인 줄 알았더니 잔소리꾼 시동생이었어!"

나는 쓴웃음으로 절규를 흘려 넘겼다. 딱히 사키가 청소를 엉터리로 했다는 뜻은 아니다. 단순히 어머니가 거실 청소에 대해 매우 신경질적이었다는 이야기다.

텔레비전 옆에 어릿광대 도기 인형이 앉아 있었다. 형이 초등학교 때 수학여행 갔다 선물로 사 온 것이다. 장소만 차지할 뿐 아무짝에도 쓸모가 없다. 이쪽에서도 저런 것을 사 왔나 싶어 어쩐지 절로 미소가 지어졌다. 그런데 그런 내 표정을 어떻게 오해했는지 사키가 삐친 목소리로 말했다.

"네, 그래요, 맞아요. 들으나 마나 지팡이가 부러졌다는 거죠? 그래요, 내가 부러뜨렸네요. 청소하다 떨어뜨렸네요."

그 말을 듣고 자세히 보니 아닌 게 아니라 어릿광대가 든 지팡이에 금이 갔다. 부러진 것을 접착제로 붙인 듯했다.

"……말 안 했으면 몰랐을 텐데."

"에구."

조금 전 사키가 청소를 엉터리로 한 것은 아니라고 생각했지만, 보아하니 너무 성급한 단정이었던 모양이다.

그 밖의 가구류에는 큰 차이를 찾아볼 수 없었다. 가구류라 해 봤자 유리 탁자에 소파, 바닥에 깐 카펫 정도인데, 하나같이 쉽게 흠집이 생기지 않을 물건들이다 보니 사용자 중 한 명이 남자에서 여자로 바뀐다고 이렇다 할 특징이 생길 리 없다. 그렇게 결론을 내리려다가 퍼뜩 깨달았다.

"아!"

유리 탁자 위에 있어야 할 게 없었다. 지금 유리 탁자 위에는 텔레비전 리모컨과 먹다 남은 막대 과자가 있지만, 내 쪽에는 막대 과자 상자 대신 장식품 하나가 있을 터였다.

"뭐 있어?"

기대 어린 물음에 조그맣게 고개를 끄덕였다.

"재떨이가 없어."

사키는 그저 고개를 살짝 갸웃할 뿐이었다.

"그래? 너희 세계에선 아버지가 여기서 담배를 피우는구나."

내 쪽에서 담배를 피우는 사람은 아버지와 형으로, 형은 수에서 제외해도 된다. 그리고 나는 텔레비전을 보지 않으니 이 방에 있을 필요가 없다. 어머니는 자기 방에 텔레비전이 따로 있다. 따라서 이 방에 오래 있는 사람은 아버지뿐이다. 그렇기에 재떨이가 있고, 그곳에는 늘 꽁초가 수북이 쌓여 있었다.

재떨이가 없다는 것은, 아버지가 이 방에 오래 있지 않는다는 뜻이다.

"음, 변화라면 변화이긴 한데. 아버지가 어디서 담배를 피우느냐 하는 점이란 말이지. 달라 봤자 그 정도인 걸까."

사키는 그렇게 말하지만, 이것은 꽤 큰 차이점이다. 어머니는 아버지의 꽁초를 버리려 하지 않지만 거실이 지저분한 것은 견딜 수 없다. 한편 아버지는 자신이 꽁초를 치워야 한다는 생각을 하지 않는다. 재떨이 하나 때문에 얼마나 말이 많았는지 생각도 하기 싫다. 이쪽에서는 칼날 같은 말을 던질 거리가 적어도 하나는 적은 모양이다.

창가로 다가가 보니 커튼 색깔이며 마당의 모습도 내가 아는 것과 크게 다르지 않았다. 좁은 마당에 심은 애기동백은 꽃 피는 철이 끝나 가고 있었다. 사가노가의 둘째 아이가 사키건 료건 꽃에게는 마찬가지였나 보다.

꽃뿐만이 아니다. 뭔가를 기대하는 듯한 사키에게는 미안하지만 역시 큰 차이는 대체로 없는 듯 보였다. 나는 사키를 돌아보았다가 다시 한번 거실을 빙 둘러보았다. 지금 이 집에는 나와 사키만 있는 듯했다. 형은 이쪽에서는 이미 오래전에 없어진 것 같고, 아버지와 어머니는…….

"오늘 아버지 어머니는 역시……."

내내 감정 표현이 풍부했던 사키의 얼굴에서 표정이 슥 사라진 듯 보였다. 살짝 시선을 피하고 침묵하더니 이윽고 한숨을 쉬듯 중얼거렸다.

"아아, 넌 진짜로 이 집 애구나. 사정을 잘 아는걸."

"외출하고 없는 거지?"

사키는 조금 전까지와는 전혀 딴판으로 활짝 웃으며 어깨를 으쓱하고 어이없다는 듯 고개를 내저어 보였다.

"나잇살이나 먹은 사람들이 말이지."

나는 소파로 돌아가 앉아 식은 커피를 한 모금 마시고 말했다.

"집은 역시 별로 차이가 없는 것 같아."

"저런, 그래? 아, 아쉬워라."

사키는 유리 탁자 위로 엎드리며 "차이가 없단 말이지" 하고 한탄했다.

먹먹한 심정으로 쇼트커트 머리를 내려다보았다. 이쪽과 내 쪽에 큰 차이가 없다면, 가족에 관해 사키도 나와 비슷한 경험을 하고 있다는 뜻이다. 누구와도…… 스와 노조미를 제외하고 그 어떤 사람과도 함께 나누지 못했던 경험을 사키와 나는 처음부터 공유하고 있었다.

현관 앞에서 처음 얼굴을 마주하고 얼마 되지 않았지만, 보아하니 사키는 상당히 명랑한 성격인 것 같다. 남들 눈에는 단순히 명랑하게만 보일 것이다. 그러나 나는 사키도 최소한 이 집 안에서는 평소 그렇게 지낼 수 없다는 것을 안다. 두 개의 사가노가에 차이가 없음을 한탄하는 심정도 충분히 이해한다.

……감출 필요가 없다. 상대방의 이해를 얻으려는 노력조차도. 나는 노조미가 죽은 이래로 한 번도 하지 않은 말을 하기로 했다.

"난 내가 불쌍하다고 생각한 적은 없어. 전부 어쩔 수 없는 일이었으니까. 어쩔 수 없다면 받아들일 수밖에 없으니 불쌍하다든지 그런 이야기가 아니라고 생각했어.

하지만 댁이 나랑 같은 입장이라고 생각하니까…… 솔직히 너무 불쌍하네. 용케 그렇게 명랑하게 행동할 수 있다 싶어 감탄스럽고."

사키가 고개를 홱 쳐들었다. 시선이 정면에서 마주쳤다. 사키는 느슨하게 풀어진 표정으로 멍하니 한두 번 눈을 깜박이더니…….

허겁지겁 손사래를 쳤다.

"어, 아니, 아니, 아니. 그건 아닌데."

나는 생각지도 못한 반응에 한순간 어리벙벙했다.

"어딘가에 '아아, 그건 착각이고!' 하는 부분이 숨어 있어."

"……아냐?"

"뭐랄까. 근본적인 오해라고 할지, 착각이라고 할지, 억측이라고 할지. 어디지? 잠깐 기다려 봐. 음…….."

사키는 눈을 질끈 감고 좌우 엄지로 관자놀이를 문질렀다. 이윽고 눈을 뜨고 거실을 여기저기 둘러보기 시작했다. 아무래도 내가 보던 것을 보는 듯했다.

"……음, 그게 그러니까…….."

곁에서 봐도 사키가 생각에 빠져든 것을 알 수 있었다.

이런 집중력은 나나 형에게는 없는 것이었다. 아버지도, 어머니도, 가족 중 누구에게도 없는 특질을 그녀만 갖고 있는 모양이다.

그런데 멋대가리 없는 전자음이 그녀의 사고를 방해했다.

날카로운, 신경에 조금 거슬리는 전화벨 소리. 내 쪽이나 이쪽이나 이 전화기 기종의 벨소리는 똑같은 모양이다. 자기 집 거실에서 자기 집 전화벨이 울리는 것이니 나는 아주 자연스레 일어서려 했다. 그러나 사키가 재빨리 손을 뻗어 나를 제지했다.

"넌 이 집에 사는 사가노 료가 아니라고."

……그렇군.

사키는 수화기를 들어 익숙한 태도로 "사가노입니다" 하고 전화를 받았다. 그러더니 금세 벌레 씹은 표정을 지었다.

"저기, 일일이 보고 안 해도 되는데. ……그야 맛있겠지, 겨울철 해산물인데. 그렇다고 나까지 맛있진 않잖아. ……아무것도 필요 없어. ……됐다니까. ……아이참, 대체 어떻게 하면 내가 오징어 싫어한다는 거 기억해 줄 건데? 아, 그래, 그러시겠지. ……엄마 무릎은 어때? 그래, 그럼 됐고. 그럼 끊어. 아, 예, 축하하네요. 끊어."

명백히 이야기 도중이었는데도 사키는 억지로 전화를 끊었다.

"아이고, 진짜, 일일이 전화 안 해도 된다니까!"

그렇게 투덜거리기에 설마 그럴 리 없다고 생각하면서 물었다.

"방금 전화……."

"응, 아버지."

아버지……?

나는 할 말을 잃었다.

얼굴도 굳었는지 모른다.

그런 내 반응 자체가 사키에게 큰 힌트가 되었다.

"아…… 그렇구나. 그래, 그렇단 말이지."

만족스러운 결론에 도달했는지 씩 웃었다.

"그럼 설명이 되네. 네가 뭘 착각했는지."

사키는 검지를 쳐들고 엎어 놓은 접시를 가리켰다.

"네가 뭣보다 주목했던 게 저거지? 저 접시."

눈치챘다. 내 눈의 움직임이 그렇게 뻔했나, 아니면 사키가 눈치가 빠른 건가. 사키는 손가락을 흔들며 말을 이었다.

"넌 저 접시를 엎어 놓은 걸 한참 바라보고 있었어. 하지만 그 뒤 별거 아니란 식으로 그냥 넘겼지.

그렇다면 너희 세계에선 저 접시는 엎어 놓지 않았지만 엎어 놓은 거나 다름없는 상태였다는 뜻이야. 그게 무슨 의미인지 잘 상상이 안 됐는데 방금 전 네 반응으로 알았어."

사키는 일어나 접시 앞에 서더니 내게 보이도록 접시를 천천히 세웠다. 젊은 남녀가 굳은 미소를 띠고 나란히 서 있었다. 내 쪽 접시에도 사진이 프린트되어 있었다. 아버지 어머니가 벳푸로 신혼여행 가서 찍은 사진이.

"이 접시를 엎어 놨다는 데서 넌 '결혼 기념사진을 프린트한 접시가 불쾌한 물건으로 취급된다'는 의미를 읽어 낸 거 아냐?"

"그 외에 어떤 해석이…….”

"해석이라고 할지…….”

사키는 접시를 세운 채 천천히 손을 뗐다. 곧바로 접시가 휘청 기울었다. 바닥으로 떨어지기 직전에 사키가 받았다. 보일 듯 말 듯 지은 미소에 겸연쩍음이 어려 있었다.

"꽤 한참 됐는데, 청소하다 떨어뜨렸지 뭐야. 접시는 무사했는데 받침다리가 부러졌어. 세워 놓고 싶어도 서지 않는 거야. 너한테는 미안하지만 그냥 그뿐이야.”

나는 입을 다물 수밖에 없었다. 어릿광대를 떨어뜨린 사람은 사키다. 접시도 떨어뜨렸을 것이다.

"넌 '접시가 불쾌한 물건으로 취급된다'가 두 세계의 공통점이라고 생각했지만, 네 쪽 세계에서 접시는 엎어 놓지 않았어. 그럼 결론을 내리기도 쉽지.

이 접시, 너희 세계에선 깨졌구나.”

내 쪽에서는 어머니가 던진 깡통 따개가 우연히 접시를 맞혔다. 그때는 반으로 쪼개지기만 했는데, 바닥에 떨어진 접시를 아버지가 말없이 짓밟았다.

이쪽에서 접시가 깨지지 않은 것은 그저 깡통 따개가 접시에 맞지 않았기 때문인 줄 알았는데.

"아버지 어머니 둘 다 집에 없는 건 나잇살이나 먹은 사람들이 둘이서 주말여행을 갔기 때문인데, 넌 그렇게 생각하지 않았어. 너한테도 주말에 둘 다 집에 없는 건 자연스러운 일이었어. 하지만 의미는 꽤 다른가 봐. 너한테 자연스러운 건, 둘 다 집에 없지만 둘이 같이 나간 게 아닌 상황.

그렇다면…… 너희 세계의 아버지랑 어머니는 지독한 상태에서 못 빠져나온 모양이구나."

\4\

같은 부모를 가진 사가노 사키가 '지독한 상태'라는 말을 썼다. 그랬을까. 지독한 상태였다. 철들었을 무렵부터 나를 둘러싸고 있던 상황은 물론 그냥 받아들이는 수밖에 없는 것이었는데.

십중팔구 사키도 마찬가지였을 텐데, 아버지에게 어머니가 아닌 다른 여자가, 어머니에게 아버지가 아닌 다른 남자가 있다는 것은 내게 처음부터 명백했다. 가장 오래된 기억은, 바로 이 거실에 어머니가 아버지 아닌 다른 남자와 같이 있었고 남자가 뭐라 말하자 어머니가 이렇게 대답했다는 것이다.

"괜찮아, 아직 아무것도 몰라."

아닌 게 아니라 그때는 몰랐지만 기억은 한 셈이다. 아마 초등학교 1학년 때…… 어쩌면 유치원 다닐 때 기억인지도 모른다.

아버지에 관해서는 그보다 좀 더 늦었지만, 그래도 초등학교 3학년 즈음에는 이미 확실히 알고 있었다. 당시 어머니가 목욕중이거나 나가고 없을 때면 아버지는 곧잘 전화를 걸곤 했다. 집에서는 웃지도 않는 아버지에 대해 내가 갖고 있던 인상은, 이만큼 자란 지금의 어휘로 표현하자면 '근엄하다'일 것이다. 무섭기는 해도 좋아했다. 그런데 어머니가 없을 때 전화를 거는 아버지의 얼굴 근육은 더없이 흐물흐물 풀어져 있었던데다 목소리는 간지럽게 말꼬리를 길게 잡아끌었다. 그 말투를 들을 때마다 견딜 수 없는 기분이 들었다.

이윽고 내게 분별이 생기자 부모는 좀 더 신중하게 행동하기 시작했다. 어머니는 애인을 집으로 초대할 때면 밖에서 놀라며 나를 내보냈다. 아버지는 전화를 끊고 나면 묻지도 않았는데 내게 "직장 전화다" 하고 말했다. 지금도 기억나는 장면 중에 이런 걸작이 있었다. 아마 사이가 틀어졌는지 여자 쪽에서 집으로 전화한 적이 있었다. 전화를 받은 사람은 나였다. 여자는 울고 있었던 듯했다. 어른이 우는 것을 처음 들은 나는 몹시 당황했다.

"그이 바꿔!"

'그이'가 아버지를 말한다는 것을 깨닫기까지 시간이 걸렸으니 여자는 꽤나 답답했을 것이다. 전화를 받은 아버지는 어쩔 줄 몰라 하며 상대방을 달래고 저자세로 나가더니 급기야 으름장을 놓았다. 사나운 눈초리로 수화기를 쾅 내려놓은 아버지는 금세 무표정한 얼굴로 돌아와 내게 "직장 전화다"라고 했다. 저게 병신인가 싶었다. 당시 나는 초등학교 6학년으로, 우리 집이 정상이 아니라는 것은 이미 눈치채고 있었다.

어머니 쪽에는 웃기는 에피소드가 별로 없다. 중학교 때 같은 반에 러브호텔 경영자의 아들이 있었다. 성에 눈뜰 나이였으니 애써 부모의 직업을 감춘 듯했지만, 딱하게도 감출 수 있는 문제가 아니었다. 이윽고 발각돼 한참 놀림을 받았지만, 그는 타고난 피해자 타입이 아니었던 터라 한 달쯤 지나자 기껏해야 호기심 어린 시선을 받는 정도로 그쳤다. 나는 그가 영 불편했다. 그럴 만도 했다. 어머니가 종종 그 호텔 서비스 쿠폰을 유리 탁자 위에 아무렇게나 어질러 놓곤 했으니까. 어머니는 아버지나 형 앞에서는 교묘하게 숨기면서 내 앞에서는 그렇게 조심성이 없었다. 게다가 내가 모른다고 생각하는 듯했다. ……뭐, 어머니에 관해서는 그 정도다.

형은 어지간히 둔감했던 걸까, 운이 좋았던 걸까. 그도 아니면 부모가 나를 얕본 것처럼 형을 얕보지는 않았던 걸까. 아버지, 어머니가 각각 그런 상황임을 깨달은 것은 형이 중학교 3학년 때, 내가 초등학교 5학년 때였다.

나는 철들었을 무렵부터 알고 있었던 터라 충격 같은 것은 거의 없었다. 만화에 가끔 등장하는 성실한 부부는 허구라고 생각하고 있었던 터라, 실제로 존재하지 않는 것도 아니라는 것을 알았을 때가 가장 충격이 컸는지 모른다. 하지만 형은 달랐다.

형은 한창 반항기였고, 더불어 한창 순애중이기도 했다. 형은 "어른은 못 믿겠어!" 하고 소리쳤지만, 나는 그런 소리를 지껄이는 인간이 정말 있다는 게 믿기지 않았다. 일종의 감동마저 느꼈다. 지금도 녹음해 두지 못한 게 아쉽다. 뭐, 형에게도 동정할 부분은 있었다. 아버지도, 어머니도 형에게 엄격했다. 말수가 적은 아버지가 형에게 '도리를 지키라'느니 '사리에 어긋나는 일은 하지 마라'느니, 이 또한 지금 생각하면 싸구려 교훈을 늘어놓던 모습을 본 게 한두 번이 아니었다. 만약 형이 아버지의 가르침을 받들어 살아왔다면, 실상을 알았을 때 충격이 얼마나 컸을지 이해 못 할 것도 없다.

그렇게 해서 내가 알고 형이 알았는데, 믿기지 않는 일이지만 부부는 서로의 행위를 알지 못했다. 더는 어떻게 할 수 없을 만큼 사태가 악화된 것은 삼 년 전, 내가 중학교 1학년 때였다. 내가 어머니의 행위를 처음 안 게 초등학교 1학년 때였으니, 육 년 이상 부부는 서로 몰랐다는 이야기다. 감추고 싶은 상대에게는 감추는 게 가능하구나 싶어 감탄하지 않을 수 없다. 그동안 두 사람이 각자 상대를 한 명으로 압축했는지, 아니면 계속 갈아 치웠는지, 거기까지는 모른다. 두 사람이 쓴 '유흥비'가 여간 큰 액수가 아닐 텐데, 그렇다고 가계에 구멍 나는 일은 없었다.

하지만 시간문제이기는 했다. 들키지 않는 기간이 오래 지속되다 보면 경계심이 줄어들게 마련이다. 나는 그 진리를 부모를 통해 배웠다. 그리고 나쁜 일은 겹치는 법이라는 것도.

중학교 1학년 여름, 아버지는 어머니의 행위를, 어머니는 아버지의 행위를 알았다. 어느 쪽이 먼저였는지 정확히 기억나지 않지만, 거의 동시였다 해도 될 것이다. 자신이 저지르던 짓을 배우자도 저지르고 있었다는 것을 알고 우리 부모는 어떻게 했을까.

사실 나는 사태가 온건하게 해결될 것이라 기대하고 있었다.

"어이구, 당신도?"

"부부는 닮는다더니 피장파장이네."

아하하하.

……그러고 끝나지 않을까, 꿈을 꾸고 있었다.

실제로는 그날 밤만큼 가재도구가 부서지고 망가진 적이 없다. 마침 무대장치로 딱 맞게 비가 억수처럼 쏟아지고 있었다. 결혼 기념 접시가 깨진 것도 그날 밤이다.

그날 밤 이래로.

사가노가는 서로 일거수일투족을 감시하는 스릴 넘치는 곳이 되었다. 나는 누구도 감시하지 않았지만 감시를 받았다. 어째서 감시하나. 결코 간통을 저지르기 위해서가 아니었다. 십중팔구 이렇게 정리할 수 있을 것이다. 아버지도, 어머니도, 그리고 형도 다른 사람의 잘못을 찾아내 차가운 말을 던지려고 서로가 서로를 감시하고 있었다고.

나는 고개를 움츠리고 있었다. 가족 중 가장 어린 나는 그럴 수밖에 없었다. 그런 자세가 "그래, 그렇게 부모를 업신여기고 한번 살아 봐라"라거나 "네가 누구 돈으로 먹고사는 건데" 같은 빈정거림을 사긴 했지만, 빈정거림으로 끝나기만 하면 그쯤은 상관없었다. 문제는 어머니가 종종 밥을 해 주지 않게 된 것이었다. 정확히 말하자면 식탁에 내 몫을 차려 주기를 거부하더니, 이윽고 어머니와 형이 먹을 분량만 만들기 시작했다. 그건 그것대로 고급 기술이었는지 모른다.

형을 편애해서라기보다 아무래도 나를 아버지 편이라고 생각하는 듯했다. "돈이 필요하면 그쪽에 가서 받지?"라는 식이다. 하기야 배곯은 나는 신문 배달 아르바이트 자리를 찾기 전까지 어머니에 대한 아버지의 정열을 역이용해 식비를 타 내곤 했으니, 자금의 흐름으로 따지자면 아버지 편이기는 했다.

미니 감시 사회는 언제 끝날지 알 수 없는 채로 지금까지 계속되고 있었다. 아무리 생각해도 무지막지하게 마음 불편한 생활을 어떻게 연 단위로 유지할 수 있는 것인지, 나는 그 정열이 이해되지 않았다. 아무리 주말마다 각자 애인과 만나 즐겨도 그렇지, 그렇게까지 서로의 존재가 마음에 들지 않는다면 이혼이라는 제도도 있건만. 그런 생각이 들어 어느 날 아버지에게 물어보았다. 아버지는 아무것도 모르는 어린애에게 친절하게 가르쳐 주었다.

"결혼한 것하고 안 한 것하고는 사회적 신용이 달라. 애도 있는 것하고 없는 것하고 회사에서 보는 시선이 다르고."

그렇군. 그건 말 된다.

어머니 쪽은 관찰한 결과 이해했다. 어머니는 외부 세계에 대해 현모양처 캐릭터를 연기하는 것에 깊은 정열을 가지고 있다. 다른 방은 쓰레기통 수준으로 놔두면서 현관과 거실만은 공들여 청소하는 것은 그 때문이다. 재떨이의 꽁초도, 칼날 같은 말을 주고받은 뒤에는 손님을 맞아들이기에 적합한 상태로 거실을 유지하기 위해 어머니가 치우는 게 상례였다. ……그런 캐릭터를 주위 사람들이 실제로 믿는지 아닌지는 다소 의문이 남지만.

지독한 상태라고 한다면 뭐, 그런 식으로 못 볼 것도 아니겠다 싶다.

"내가 철들었을 즈음엔 둘 다 이미 그런 상황이었어. 그럼 이쪽에서도 그랬겠지."

"응, 뭐. 덕분에 사랑을 꿈꾸는 소녀가 못 됐지 뭐야."

사키는 장난스럽게 어깨를 으쓱하며 말했다.

"댁의 말이 맞아. 내 쪽에선 그 접시가 산산조각 났어. ……그렇지만 이해가 안 되는데. 추측이긴 하지만 그 두 사람은 벌써 말기末期라고. 그런데 이쪽에선 둘이 같이 해산물이라니. ……어쩔 수도 없는 지경이었는데."

내가 애써 담담하게 한 말에 사키는 천연덕스럽게 대답했다.

"아, 내 쪽에서도 꽤 벼랑 끝의 끝까지 갔었어. 뭐라 악을 써 대길래 달려가 봤더니, 야, 이거 큰일인데, 부부 싸움 수준이 아닌데, 저러다 피 보겠는데, 싶었던 날이 있었지."

흠칫했다. 짐작 가는 데가 있었다.

혹시…….

"삼 년 전 여름, 비가 쏟아지던 날?"

사키는 고개를 갸웃했다.

"……어? 그랬나? 비가 왔던 건 기억나. 내가 중학교 2학년 때였으니까, 그러네, 삼 년 전이네."

"그때까지 모르다가 처음 서로에 관해 눈치챈 날."

"응, 응, 맞아. 와, 이거 대단한데. 둘째 애가 나든 너든 들킨 건 똑같이 그날이구나."

사키는 팔짱을 끼고 연신 감탄했다.

그날이 사키에게도 있었다면. ……그날 아버지도 어머니도 완전히 이성을 잃어 누구의 말도 귀에 들어오지 않는 듯했다. 하물며 내 말 따위. 어쩔 수 없었다.

그것은 사키도…….

"마찬가지였을 텐데."

"어?"

"그날……. 어머니는 완전히 히스테리 상태였고, 아버지는 자기 잘못은 생각지도 않았어."

고함 소리로 주고받은 쌍방의 주장은 모순된 것이었다. 어머니의 주장은 이랬다. 아버지가 딴 여자를 만나느라 날이면 날마다 늦게 들어왔기 때문에 자신도 딴 남자를 만났다. 아버지의 주장은 이랬다. 어머니가 딴 남자를 만나느라 가족에게 냉담했기 때문에 좋다, 그럼 나도, 하고 생각했다. 닭이 먼저냐, 달걀이 먼저냐, 빙글빙글 도는 인과의 물레. 그날까지 상대방을 철저하게 얕보며 관심을 가져 본 적도 없으면서 잘도 저런 소리를 한다고 감탄했던 기억이 있다. 논리를 벗어난 책임 전가와 주방용품이 이리저리 날아다니던 밤, 이미 모든 게 손쓸 수 없는 지경에 이르렀을 터다.

그러나 사키는 이렇게 말했다.

"그러니까 벼랑 끝이었댔잖아."

"벼랑에서 안 떨어졌다고?"

"뭐, 간당간당했지."

사키는 허공을 바라보며 말을 이었다.

"그러고 보니 그날이 전환점이었나 봐. 그때까지는 아버지도 어머니도 어쩐지 별로 상대방을 인간으로 생각 안 했던 것 같은데, 그날부터 변하기 시작한 걸지도. 지금은 저러니 말이야. 나잇살이나 먹은 사람들이 딱 달라붙어선, 그건 그것대로 얼마나 보기 흉한데."

보기 흉할지도 모른다. 그러나 서로에게 차가운 칼날을 던지는 일상에 비하면 얼마나 더 나은가.

"하지만…… 댁이 어떻게 한 게 아니잖아? 댁도 아무것도 할 수 없었을 텐데."

"음, 왜 그렇게 생각해?"

"저기 그림이 걸려 있잖아."

나는 창가의 꽃바구니 그림을 가리켰다.

"그날 밤, 나도 무슨 방법이 없을까 생각했어. 하지만 내가 한마디 하려고 했더니 어머니는……. 아무리 마침 손에 잡힌 게 그거라지만…… 식칼을 던졌다고!"

채소 칼이라 끝이 뾰족하지는 않았다. 그러나 그때 손에 닿은 게 고기 칼이나 회칼이었어도 어머니는 그것을 던졌을 것이다.

"난 그때 2층 내 방에 있었는데 아래층에서 소리를 질러 대길래 내려갔어. 그리고 복도에 서서 듣다가 드디어 서로에 관해 알아차렸다는 걸 깨달았어. 하지만 둘 다 자기 잘못은 생각하지도 않고 그런 식으로 말다툼을 벌일 줄은 몰랐어. 난 문을 열고 두 사람을 말리려고 했어. 그런데 식칼을 던지다니 제정신이 아니지. 난 이제 틀렸다고 생각했어. 어쩔 수 없었던 거야.

식칼은 나한테 맞지 않았어. 문하고 장식장 사이의 벽에 맞아서 벽지가 찢어졌어. 어머니는 그게 보기 흉하다고 생각한 것 같았지만 도배를 새로 할 생각은 없었어. 그래서 그 자리에 달력을 건 거야. 이 거실엔 달력이 없지. 하지만 그림이 걸려 있어. 서 있었던 위치만 다를 뿐, 댁도 터무니없는 일을 당했을 게 틀림없어."

나는 일어나 창가의 그림을 들어 올렸다.

생각했던 대로 커다란 흠집이 남아 있었다. 그러나 날붙이 자국은 아니었다. 움푹하게 함몰되어 벽지에 거미줄 모양으로 금이 가 있었다. 십중팔구 둔기 자국이다. 프라이팬이나 그런 것…….

나는 그 흠집을 내려다보며 중얼거렸다.

"그날 밤, 누가 됐든 아무것도 할 수 없었을 게 틀림없어."

거북한 침묵이 흘렀다.

어울리지 않게 흥분한 나는 숨을 크게 토해 내고 호흡을 가다듬었다.

뒤에서 당혹감 어린 목소리가 들려왔다.

"아니, 뭐, 경위는 나도 대체로 비슷한데……."

돌아보자 사키의 미간에 주름이 잡혀 있었다.

"참고삼아 묻는 건데, 너, 이 방으로 달려와서 뭐라고 했어? 말리려고 했다고 그랬지?"

"뭐라니……."

자연히 고개가 수그러졌다. 그날 밤 일은 별로 떠올리고 싶지 않다. 복도에서 상황을 살피다가 히스테릭한 외침 소리에 나도 모르게 문을 열고…….

그래, 나는 이렇게 말했다.

"'진정하라고. 피차 마찬가지면서 뭘.'"

내 말에 사키가 작게 고개를 끄덕였다.

그러더니 검지를 휙 들이댔다.

"상상력이 없어도 너무 없네."

"……"

"뭐, 사실이긴 하지만. 그 장면에서 두 사람이 가장 건드리지 않았으면 하는 게 '자신도 같은 짓을 하고 있었다'란 점일 거 아냐. 가장 위험한 지뢰밭에 정면으로 뛰어들었으니 그야 다칠 만도 하지. 아픈 데를 꼬집고 싶으면 때와 상황 정도는 가려야지 않겠어?

……상상해 보란 말이야. 그 함몰된 자국, 어머니가 한 게 아냐."

사키의 손가락은 나 대신 벽의 그림을 향했다.

"만약 어머니가 뭘 던진 거라면 난 창가에 서 있었다는 뜻이 돼. 난 고함 소리를 듣고 달려왔으니 그럼 창밖…… 마당에 있었다는 이야기잖아. 폭우가 쏟아지는 밤에.

그런 게 아냐. 그 자리에서 말로 설득 같은 걸 해 봤자 통할 리 없잖아. 독은 독으로 눌러야지."

"독······ 누른다고?"

"난 현관으로 돌아가서 꽃병을 들고 왔어. 그리고 피가 머리끝까지 올라 있는 두 사람 사이에 냅다 던져 간담이 서늘해지게 한 다음 지랄 발광을 한 거야. 그날 밤이 갈림길이라는 걸 알 수 있었거든. 오늘 밤 만약 두 사람이 서로 욕설을 퍼붓는 거로 끝나면 손쓸 여지가 없게 되리라는 걸. 다른 방법도 있었겠지만, 내가 그때 생각난 건 진부하긴 해도 '저 인간은 용서할 수 없지만, 자식을 생각해서 한 번 더 대화를 해 보자'로 가 보자는 거였어. 그쪽으로 유도하려면 부모 탓에 불행한 자식을 전력으로 연기해야지.

기껏 걸핏하면 화내는 세대로 여겨지고 있으니 말이야. 지랄 발광은 계획적으로!"

갈림길.

사키의 말 중에 그 단어만이 내 머릿속에서 되풀이되고 있었다.

갈림길. 기로. 그날 밤은 필연적으로 그렇게 될 수밖에 없었던 통과점이 아니라 분기점이었다는 말인가.

······어쩔 수 없는 일이라면 나는 뭐든 받아들일 수 있다. 그러나.

이런 것은.

입을 다물어 버린 내게 사키가 말했다.

"뭐…… 울어도 돼, 동생."

나는 중얼거렸다.

"운다고? 누굴 위해?"

\ 5 \

겨울은 해가 짧다. 강변에서 눈을 뜬 뒤로 얼마 되지도 않 았는데 밖이 벌써 캄캄했다.

"이제 어쩌려고?"

어쩔 방법이 있을 리 없다. 가시방석이든 뭐든 내 집은 이 곳이었다. 하지만 여기는 내 집이 아니다.

"몰라……. 도진보에서 이상하게 돼서 아사노가와 강변에 서 정신이 들었으니 일단 그 두 곳에 가 볼까."

"나도 다른 가능 세계로 돌아가는 방법까지는 상상을 못 하겠네. 어쨌거나 당장 오늘 밤은 못 움직일 거 아냐."

"……내 방은 어떻게 돼 있으려나."

"2층이지? 계단 올라가서 바로? 아니면 오른쪽 방?"

"오른쪽."

"아, 그 방, 내가 써. 오빠 방엔 지금은 아무것도 없지만."

형의 방. 아무것도 없다면 구태여 개의할 것도 없다. 그러나…….

"재워 줄 수 있어?"

사키는 보일 듯 말 듯 얼굴을 찌푸렸다.

"솔직히 싫은데. 아버지 어머니는 내일은 돼야 올 테고. 아닌 게 아니라 넌 사가노가의 둘째 애 같긴 하지만, 처음 보는 남자애랑 한지붕 아래 단둘이 있는 건 좀…….”

"그야 그렇겠지만……."

하는 수 없다. 여기는 사키의 집이니까.

다만 나는 가진 돈이 거의 없었다. 십이월은 노숙하기에 좋은 계절이 아니다. 이 세계가 내가 태어난 세계가 아니라면 친구도 없을 것이다. 그렇게 생각하니 아무리 쓰라린 나날이었어도 지금까지 지낼 곳, 누울 자리가 없어 본 적이 없다는 것은 고맙게 생각해야 할지 모른다. 그 점에서는 최소한 행복했다고 말할 마음은 나지 않지만.

"하는 수 없지. 도진보에 가면 이십사 시간 영업하는 만화방 같은 게 있겠지."

"감기 안 걸리게 조심하고."

사키는 현관 앞까지 따라 나왔다. 나는 가기 전에 마음에 걸리던 것을 물어보았다.

"있지……."

"응?"

"왜 나를 집 안에 들였지? 댁의 입장에선 난 아무리 봐도 사차원인 위험한 녀석이었을 텐데."

"아아, 그거."

사키는 검지를 쳐들었다.

"첫째, 넌 활력 제로의 무해무독 소년 같았거든. 그러니 날 뛰어도 어떻게든 되겠지 싶어서."

"……."

이어서 중지를 쳐들었다.

"그리고 스쿠터로 테스트했잖아.

네가 하는 말은 내가 네 태어나지 않은 누나란 의미였어. 그런 괴상한 이야기를 꾸며 낼 만큼 상상력이 있는 애인가 시험해 본 거야. 거기서 네가 상상력을 과시했으면 괴상한 이야기로 남의 집에 밀고 들어오려 하는 수상한 인물로 생각했을 거야.

하지만 네 상상력은 빈곤함 풀가동이었다고! 하늘을 나

는 스쿠터라고 했어도 빈곤함을 인정했을 텐데, 설마 거기에도 못 미칠 줄은 몰랐어. 이거 혹시 진짜로 하는 말인가 싶더라."

말은 된다…… 아마. 그런 테스트를 즉석에서 생각해 냈다면, 상상력인지 뭔지는 몰라도 사키에게 뭔가가 있는 것은 틀림없다.

그리고 사키는 약지를 쳐들었다.

"그리고 뭐, 비교적 직감적인 이유도 있었지만."

일단 말을 끊더니 내 눈을 빤히 들여다보았다. 그러고는 세 개 들고 있던 손가락 중 검지만 남겨 자신의 눈을 가리켰다.

"여기가 말이지."

사키의 눈은 다갈색이다. 현관에 거울이 걸려 있다. 아버지가 외출하기 전에 넥타이를 체크하기 위해서다. 나는 거울을 쳐다봤다.

그래. 어디서 본 것 같을 만도 했다. 다갈색 눈. ……내 눈도 다갈색이다.

거울 속에서 사키가 미소를 지었다.

"자리 잡으면 전화해. 이야기도 더 들어 보고 싶으니까."

전화번호를 물어볼 필요는 없을 것이다.

……그리고 하나 더.

"있지."

"응?"

"난 뭐라고 부르면 되지? ……사, 사키 씨를."

'사키 씨'라고 말하려다가 더듬고 말았다. 낯선 여자, 또는 태어나지 않은 누나. 바로 이름으로 부르기는 쉽지 않다. 사키는 눈을 껌벅거리더니 쓴웃음을 지었다.

"첫인상이 피차 사기꾼이었으니 갑자기 예의를 차리긴 힘들겠지. 그냥 '댁'이라고 불러도 돼."

"……미안해."

"나도 그냥 너라고 부를 거야."

나는 고개를 끄덕이고 발길을 돌렸다.

내가 있을 곳이 아닌 내 집을 뒤로했다.

ボトルネック 제2장

희망의 거리

\ 1 \

스와 노조미와 처음 말을 주고받은 것은 커튼을 사이에 두고서였다.

중학교 보건실, 두 개 나란히 놓인 침대. 창가 쪽 침대에 노조미가, 복도 쪽 침대에 내가 누워 있었다. 삼 년 전 가을, 가정 사정이 악화되면서 나도 다소 정신적으로 타격을 입었는지 과학 수업의 실험중 과학실 리놀륨 바닥에 엎어지는 추태를 보이고 말았다. 과호흡이었다.

나는 됐으니까 너나 가서 볕 좀 쐬라고 하고 싶을 만큼 깡마르고 살빛이 허연 보건 위원의 어깨를 빌려 보건실까지 갔다. 그 뒤 십 분도 안 돼서 보건 위원은 손님을 한 명 더 데려

왔다. 그게 스와 노조미였다.

노조미와 나는 같은 반이었지만 말을 해 본 적은 없었다. 그녀는 눈에 띄는 존재가 아니었는데, 그렇다고 집단에 매몰된 것도 아니었다. 늘 눈을 내리깔고 있고, 교실에서 떠드는 것은 고사하고 웃는 모습조차 본 적이 없었다. 그것만이면 그냥 수수하고 눈에 띄지 않는 애로 단정 짓고 말아도 될 것 같은데, 왠지 모르게 세련된 느낌이 들었다. 몸집이 조금 작고 이목구비도 뚜렷한 편이 아니었지만, 그것이 오히려 전통적인 일본 여성다운 분위기를 자아냈다.

살빛이 허연 보건 위원은 과학 수업 시간의 태반을 보건실에 왔다 갔다 하는 데 날리고 쓴웃음을 지었다. 나는 평형 감각이 약간 맞지 않을 뿐 거의 회복되었던 터라, 겸연쩍은 것을 감추려는 의도를 담아 농을 했다.

"고생 많아. 설마 커플 룩으로 과호흡은 아니겠지."

그는 나와 노조미에게 빌려 주었던 어깨를 빙글빙글 돌리며 입꼬리로 웃었다.

"아니, 빈혈인가 봐. 그럼 편히 쉬라고."

보건 위원이 가고 나자 보건실에는 나와 노조미 둘만 남았다. 보건 교사는 없었다.

학교 표준 벽시계에는 초침이 없었지만, 보건 교사의 책상에 놓인 탁상시계에는 있었다. 잠자코 침묵하고 있으려니 초침 소리가 째깍째깍 실내에 울렸다.

먼저 말을 건 사람은 나였다.

"빈혈이라고? 괜찮아?"

두 침대 사이에 친 레몬색 커튼에 노조미의 모습이 그림자로 비쳐 보였다. 노조미는 눈을 감고 잠들려던 참이었는지, 대답이 돌아오기까지 꽤 시간이 걸렸다.

"……괜찮아. 잠깐 어지러웠던 것뿐이야."

노조미는 조금 쉰 목소리라 평범하게 이야기해도 어딘지 모르게 속삭이는 듯한 분위기가 감돌았다. 게다가 그때 노조미는 실제로 목소리가 작았으니 아무것도 아닌 대답도 마치 비밀 이야기처럼 들렸다.

조심스럽게 살피는 듯한 목소리가 이어졌다.

"사가노 맞지?"

"흔치 않은 성이지?"

"내 성도 꽤 흔치 않은걸."

나는 노조미의 성을 기억하지 못했다. 다른 애들과 조금 다르다고 생각하는 정도로 말을 주고받아 본 적도 없는 여학생이었으니 어쩔 수 없는 일이리라. 내가 침묵한 의미를 노조미는 정확히 이해했다.

"스와. 스와 노조미."

"아, 그렇지. 미안."

이름을 잊어버리지 않으려고 뇌리에 똑똑히 새겨 두었다.

"……스와는 어느 초등학교 나왔지?"

그러나 중학교에서는 흔한 이 질문에도 대답이 좀처럼 돌아오지 않았다. 노조미는 주저한 것이었다. 아마 몇 안 되는 사람에게만 이야기했을 것이다. 어쩌면 내가 맨 처음이었을 수도 있다.

이윽고 망설임 어린 목소리로 대답했다.

"난 가나자와 사람이 아니거든. 초등학교는 요코하마에서."

"그래?"

"도망쳐 온 거야."

뒷말은 거의 독백이나 다름없었다. 나는 실제로 잘못 들었나 했다.

"뭐?"

"……미안, 사가노. 나 잠깐 잘게."

그 뒤로는 조용한 숨소리와 초침 소리가 들릴 뿐이었다.

그 이래로 등하굣길에서 노조미를 자주 보았다. 그 전에도 같은 길을 다녔는데, 그녀의 존재를 의식하면서 눈에 들어오기 시작한 것이리라.

그녀는 요코하마에서 이사 왔다고 했는데, 그 때문인지 등교 때나 하교 때나 늘 혼자였다. 신경 써서 살펴보니, 가령 점심시간에 빵을 먹는다든지 할 때 책상을 붙이고 같이 먹는 그룹은 있어도 친근한 분위기로 즐겁게 대화하는 모습은 한 번도 못 봤다.

가을에서 겨울로 계절이 넘어가던, 구름이 짙게 낀 어느 날. 차가운 바람을 맞으며 집으로 가는 길에 신호등을 기다리는 노조미와 나란히 섰다. 이때 횡단보도 앞에는 우연히도 나와 노조미 둘뿐이었다. 곁눈으로 보니, 나를 알아차렸는지 아닌지 노조미는 여느 때처럼 눈을 내리깔고 있었다.

잠깐 이야기를 해 본 게 다인 상대방과 같이 있으면 영 어색하다. 나는 보행자용 신호등의 빨간불만 쳐다보고 있었다. 그런데 갑자기 쉰 목소리가 들려와, 순간 그것이 노조미의 목소리임을 알아차리지 못했다.

"사가노네 집도 이쪽이구나."

"아, 응."

"사가노는 계속 여기 살았어?"

"그런데."

노조미는 고개를 돌려 나를 언뜻 보더니 도로 눈을 내리깔았다.

"……여기, 좋아해?"

속삭이듯 하는 말에 나는 당황했다. 생각하는 바를 그대로 대답하는 것밖에 떠오르지 않았다.

"생각해 본 적도 없는데."

말하고 나서야 비로소 너무나도 무심한 대답이었음을 깨닫고 덧붙였다.

"여기서 태어났으니까 여기 있는 것뿐이지, 다른 곳은 모르거든……. 좋아하느냐 아니냐는 비교론이잖냐."

노조미는 아무 말도 하지 않았다.

신호등이 파란불로 바뀌었다. 나와 노조미는 누가 먼저랄 것 없이 나란히 걸음을 뗐다. 이윽고 노조미가 나지막이 한 말은 짧고 솔직했다.

"난 싫어."

나는 주춤했다. 노조미의 목소리로 들으니, 이 도시뿐 아니라 이것이고 저것이고 죄 저주하는 것처럼 들렸다.

"……요코하마를 좋아했기 때문에?"

"딱히 좋아한 건 아냐. 그렇지만……."

노조미는 천천히 하늘을 올려다보았다. 겨울이 얼마 남지 않은 시기, 이미 날이 저물기 시작해 떨어질 것처럼 두꺼운 구름이 하늘 전체를 뒤덮고 있었다. 곧 비가 올 것 같다.

"아침엔 맑았는데, 저물녘엔 이렇지."

노조미는 시선을 내리더니 나를 돌아보았다.

"여기는 비가 너무 많이 와."

마치 내 탓이라는 것 같아 마음이 편치 않았지만, 노조미의 '싫다'는 말에 저주의 의미가 없다는 것을 알고 조금 마음이 놓였다.

"여기 사람들이 말하는 속담이 있지. '도시락은 두고 와도 우산은 챙겨라.'"

"진짜 그런 느낌."

야트막하게 한숨을 내쉰다.

"맑게 갠 하늘을 보고 싶어도 늘 구름만 껴 있고."

"바다를 건너오는 바람 때문이야. 어쩔 수 없어."

"어쩔 수 없다……. 그건 그렇지만, 그래도."

입 언저리가 약간 움찔거렸다. 보아하니 노조미는 미소를 지은 듯했다.

"나, 파란 하늘이 보고 싶어."

목소리 때문에 단순한 희망이 절실한 바람처럼 들렸다. 그렇지만 내가 뭘 어떻게 할 수 있을 리 없다. 그런 내게 날씨를

요구한들 난감할 뿐이다.

우리가 걷는 길은 집들 사이를 지나는 터라 폭이 좁고, 중앙선이 있기는 해도 인도는 없었다. 여기저기 깨진 아스팔트에 흰 선을 그어 차의 영역과 사람의 영역을 분간해 놓았지만, 사람의 영역은 평균 이상으로 좁은 탓에 이따금 차가 지나갈 때면 우리는 콘크리트 담장에 들러붙다시피 해야 했다. 좌우로 나란히 걷던 우리는 내가 앞에 섰다가 노조미가 앞에 섰다가 하며 차를 피했다.

도중에 나무가 있었다. 잎이 거의 다 떨어진 은행나무가 길 위로 가지를 내뻗었다. 고목이라 해도 될 것이다. 또다시 콘크리트 담장에 들러붙으며 이 길을 지나는 사람 모두가 하는 생각을 노조미가 대변했다.

"저 나무, 귀찮지."

은행나무의 줄기 절반가량이 도로로 내민 탓에 은행나무 앞에서만 도로가 2차선에서 1차선으로 줄어든다.

이 길은 원래 교통량이 그리 적은 편이 아니다. 가나자와성 주변에서 상습적으로 일어나는 교통 정체 때 샛길 역할을 하는 터라, 아침이면 꽤 많은 차가 밀려든다. 그래서 매일 아침 이 은행나무 앞에서 길이 꽉 막힌다.

"왜 안 베는 걸까."

그것도 모두가 갖는 의문이다. 그에 관해서는 나도 들은 적이 있었다. 바로 곁을 달려가는 SUV 때문에 말 그대로 어깨를 움츠리며 까닭을 설명했다.

"이 도로를 넓힐 때 땅 주인인 할머니가 못 베게 했다나 보더라. 시에서 꽤 열심히 설득했는데 절대로 양보하지 않았다나. 죽은 할아버지의 추억이 뭐 어쨌다던데 사실인지 아닌지는 모르지."

"그래."

무관심한 대답에 이어 조그만 목소리로 한마디.

"죽어 버려."

"뭐?"

분명히 '죽어 버려'라고 들렸다. 물론 나무를 팔지 않은 땅 주인에 대한 욕설이었을 것이다. 나는 조금 환멸을 느꼈다. 노조미가 땅 주인을, 공익을 위해 사재私財를 기꺼이 포기하지 않았다는 이유로 욕설을 퍼부었다고 생각했기 때문이다. '모두에게 도움이 되는 일을 해라' 하고 가슴을 펴고 으스대는 듯한 추잡함이 느껴졌기 때문이다.

그 이유 때문은 아니지만 그 뒤로는 갈 길이 나뉠 때까지 내내 말이 없었다. 헤어질 때 노조미는 "그럼" 하고 인사했다.

노조미와의 대화는 내게 아직 특별한 게 아니었다. 그런데

도 노조미의 뒷모습을 바라보며 숨이 막혀 괴로웠던 게 기억
난다. 노조미와 이야기하고 싶었던 것은 아니었지만, 누군가
와 이야기를 계속하고 싶었다. 그동안은 집에 가지 않아도 되
니까.

삼 년 전, 가을과 겨울의 경계. 나는 아직 사가노가의 새로
운 분위기에 익숙해지지 못했고, 스와 노조미를 사랑하지 않
았다.

\2\

사가노가의 둘째가 료건 사기건 그런 것과 상관없이, 호쿠리쿠의 겨울 하늘은 오늘도 짓눌릴 것처럼 답답했다. 만화방에서 나오기 전에 본 아침 신문에는 강수 확률이 이십 퍼센트라고 되어 있었는데, 믿을 수 없다. 이 거리에서는 언제 어느 때나 비가 올 수 있다. 문제는 만화방 이용료를 내고 나니 우산을 살 돈도 간당간당해졌다는 것이었다. 편의점 비닐우산 정도는 이럭저럭 살 수 있겠지만 그다음이 불안했다.

휴대 전화는 아직 통화권 이탈 상태였다. 본격적으로 고장 났나. 아니면 이 세계에서는 쓸 수 없는 걸까.

전화를 걸까, 말까. 나는 한참 망설였다. 돌아가는 방법을 사키와 같이 찾아야 할 이유는 하나도 없었다. 혼자 움직이는 편이 더 익숙하다면 익숙했다. 다만 사키가 전화를 달라고 했는데, 구태여 무시할 이유도 없었다. 게다가 이 세계에서 유일하게 아는 사람이라고 생각하면 의지하고 싶은 기분도 없지는 않았다.

대체 어디에 쓰는 물건이냐고 동급생에게 업신여김을 당한 적도 있는 전화 카드. 가난뱅이 근성으로 내내 갖고 다녔는데 드디어 쓸모가 생겼다. 지갑에서 꺼내 길모퉁이 공중전화 박스로 들어갔다. 신호음이 열 번 정도 울린 뒤 사키가 졸린 목소리로 전화를 받았다.

"사가노입니다."

"나 료인데."

"……아, 응, 너구나. 도진보에 가려고?"

"그 전에 아사노가와 강변에 가 볼까 하는데."

"거기서 정신이 들었다고 했지? 알았어, 나도 갈게. 가야지…… 쉽게 할 수 없는 경험인데!"

처음 전화를 받았을 때는 명백히 잠이 덜 깼던 사키가 통화하는 사이에 눈에 띄게 생기를 되찾았다.

"좋아, 내가 갈 때까지 꼼짝 말도록. 겐로쿠엔 밑으로 데리러 갈게. 그럼!"

그러고는 멋대로 전화를 끊었다. 만날 약속을 할 때는 장소뿐 아니라 시간도 정하는 게 좋다고 생각하는데.

고린보의 만화방에서 몸을 질질 끌듯 걸어가 거대한 격자에 갇힌 듯한 의미 불명 디자인의 시청 앞을 지났다. 21세기 미술관의 위용이 시야 끄트머리를 스쳤지만, 나는 미美라든지 지知 같은 가치와 연이 없는 사람이다. 히로사카 교차로에서 가나자와 성터와 겐로쿠엔 사이의 굽은 길을 내려갔다. 돌담 틈새에 자란 풀은 시들었고, 길 위로 쑥 뻗어 나온 벚나무 가지에도 잎은 없었다. 십이월이다.

평일이면 차가 꼬리를 물고 늘어서는 길이지만, 일요일 아침이다 보니 통행은 순조로웠다. 겐로쿠엔 근처 주차장에 벌써 관광버스 몇 대가 서 있었다.

사키가 지정한 '겐로쿠엔 밑'이란 버스 정류장 이름이다. 노선 몇 개가 지나는 이 정류장에는 버스 정류장치고는 상당히 큰 정자 같은 건물이 있다. 언제 올지 알 수 없는 사키를 기다리다가 비가 오더라도 피할 수 있다. 그렇게 생각하면 이곳을 약속 장소로 정한 사키는 나름대로 마음을 써 준 것인지 모른다. 이 도시에는 지하철이 없는 터라 대중교통으로서 버스가 매우 중요하다. 몇 분 간격으로 버스가 올 때마다 남녀노소가 계속 뒤바뀌는 버스 정류장에서 나는 벤치에 앉아 사키를 기다렸다.

언제 올지 모르는 사람을 기다리는 시간은 무척 길게 느껴졌다. 버스가 다섯 대, 열 대, 눈앞을 지나갔다. 어젯밤부터 오늘 아침까지 잠이라곤 만화방 탁자에 엎드려 선잠을 잔 게 전부였다. ……왜 내게 이런 일이 벌어졌나. 원래 세계로 돌아갈 수 있을까. 돌아갈 수 없다면 어떻게 해야 할까. 강변 공원에 답이 있을 것인가. 도진보에 답이 있을 것인가. 아니, 그 이전에 어딘가에 답이 존재하긴 할까. 점심 먹을 돈은 있을까. 생각해야 할 문제는 얼마든지 있건만 머리가 따라 주지 않았다. 결국 생각하기를 포기하고 그저 고개를 수그린 채 시간이 흐르기만을 기다렸다.

깜박 잠이 들었던 모양이다. 쿡쿡 찌를 때까지 사키가 온 것도 몰랐다.

"길거리에서 졸다니 진짜 배짱 좋구나!"

허리에 손을 얹고 선 사키는 집에서 입는 옷을 입고 있던 어제와는 달리 세련된 옷차림이었다.

긴 티셔츠 위에 주름 가공을 한 캐미솔을 겹쳐 입고 흰 인조 모피 조끼를 걸쳤다. 밑에는 검은 플레어 데님 바지를 입었다. 가슴에 늘어뜨린 깃털 장식 목걸이가 흐릿하게 빛나 시선을 끌었다.

벽시계를 보니 9시를 훨씬 지나 9시 반이 거의 다 됐다. 사키에게 전화한 것은 분명히 7시 반쯤이었으니 너끈히 두 시간을 기다렸다는 뜻이다. ……그렇지만 자다 깨서 두 시간 만에 여기까지 왔으니, 여자치고는 빠른 편일 수도 있다. 눈을 슴벅거리는 나를 향해 사키가 몸을 조금 수그렸다.

"아니, 글쎄, 생각해 보니까 나 너랑 휴대 전화 번호를 안 주고받았지 뭐야. 연락하고 싶어도 방법이 없어서 곤란했다고."

"휴대 전화는 고장 났어."

"뭐? 진짜?"

여전히 통화권 이탈 표시가 뜨는 휴대 전화를 보여 주었다. 이 세계에서는 사용을 못 하는지도 모른다고 말했지만, 사키는 고개를 갸웃했다.

"……이러다 알아서 고쳐지지 않을까? 일단 번호 가르쳐 줘."

가르쳐 주는 것은 상관없었지만, 통신이 되지 않으니 사키는 자기 전화기에 직접 입력, 저장해야 했다. 그것이 얼마나 번거로워 보이던지 나는 사키의 번호를 묻지 않았다. 사키는 묘한 웃음을 지었지만 아무 말도 하지 않았다.

나는 무릎에 손을 얹고 무거운 몸을 천천히 일으켰다.

"그럼 갈까."

어제 정신이 들었던 강변 공원에는 아사노가와 강을 따라 걸어가면 된다. 조금 멀긴 해도 못 걸어갈 거리는 아니다. 그러나 사키는 손바닥을 들이대며 나를 제지했다.

"잠깐. 너 급하니?"

"……뭐가?"

"어제 정신이 든 곳에 가는 게."

급하냐고?

질문을 받고 생각해 보니, 급히 가서 설사 그곳에서 내 세계로 돌아갈 수 있다 해도 할 일이라곤 형의 장례식에 참석하는 것뿐이다. 아들이 경야에 빠졌다고 친척들 앞에서 망신했을 아버지와 어머니에게 각각 '부모를 업신여겼다'고 야단맞을 것이다.

"안 급한데."

"좋아, 그럼 잠깐 보여 주고 싶은 게 있으니까 시청 뒤쪽으로 가자."

온 길을 되돌아가야 하는 셈이지만, 사키는 그에 관해 내 의견을 물을 생각은 없는 듯했다. 이미 발길을 돌려 오르막을 향해 가고 있다. 막무가내다.

……뭐, 상관없다.

따라가기로 하고 그녀를 좇아 정자에서 나왔다. 마침 우리가 갈 방향으로 가는 버스가 출발했다.

가나자와는 시가지 중심부도 기복이 심해서, 시청 뒤쪽도 움푹 패어 있다. 우리는 가파른 콘크리트 계단을 내려갔다. 재개발로 어느 정도 깨끗해진 모양이지만 이 주변은 역시 뒷길 같은 분위기가 남아 있었다.

옛날 영화의 엘디를 취급하는 가게가 있는가 하면, 터무니없이 비싼 전자 기타를 파는 가게도 있고, 좁은 계단을 내려가면 클럽이 나온다든지 인디 전문 시디 가게가 나온다든지 하는 곳이다. 일요일이다 보니 의외로 사람도 많다. 대학생으로 보이는 남자 몇 명이 셔터를 내린 점포 앞에 서서 큰 소리로 웃고 있었다. 여기서 더 가면 젊은이들이 한껏 멋을 내고 돌아다니는 화려한 패션 거리인 다테 정㎜인데, 물론 나와는 무관한 곳이다.

사키는 서슴없이 걸음을 옮기더니 1층에 점포가 셋 입점해 있는 건물 앞에 멈춰 섰다. 왼쪽부터 차례대로 잡화점, 헌 옷 가게, 그리고⋯⋯.

"이 가게 말인데."

사키가 그렇게 말하며 가리킨 것은 유난히 키 큰 원목 문이 달린 가게였다. 버클에 터키석을 박은 가죽 벨트며 은십자가 목걸이 몇 개가 가게 앞에 진열되어 있었다. 가정집 문패 같은 조그만 간판에는 실버 액세서리 가게라고 씌어 있을 뿐 가게 이름은 어디에도 없었다.

액세서리를 살 돈은 없는데.

"여기가 왜?"

"아니, 저기. 뭐 느끼는 거 없어?"

뭐라니 뭐 말인가. 당혹하는 나를 사키가 기대 어린 눈초리로 쳐다보았다. 어제 '틀린 그림 찾기'를 하는 나를 보던 바로 그 눈으로.

"……음, 나하곤 별로 인연이 없는 가게다 싶은데."

"그게 다야?"

"그래."

그러자 사키는 어깨를 축 늘어뜨렸다.

"그래, 그게 다란 말이지…… 그래."

내가 뭐 잘못 말한 것 같지는 않은데…….

사키는 고개를 숙인 채 눈을 위로 치켜 나를 보았다.

"너 말이지, 혹시 이쪽에 별로 안 와?"

나는 이 앞의 다테 정에 볼일이 없는 것은 물론이고 액세서리를 살 돈은 없다. 영화 엘디도, 전자 기타도, 인디 음악 시디도 살 돈이 없다. 유일하게…….

"헌 옷을 사러 온 적은 있지만 다른 가게는 의식해 본 적 없는데."

그렇게 대답하자 사키는 하늘을 우러렀다.

"아이고, 아쉬워라! 아니, 처음에 그것부터 물었어야 했는데!"

"……무슨 대답을 바랐던 건데?"

그러자 사키는 진지한 표정으로 돌아와 검지를 치켜들었다.

"아니, 그게 말이지. 이 가게, 친구 언니가 하거든. 그런데 이 길에 가게가 워낙 많잖아, 뭔 가게인지도 알 수 없겠다, 딱 까놓고 말해서 망하기 일보 직전이었어. 그걸 내가! 이 내가 일으켜 세웠다는 자부심이 있단 말이지."

가슴에 손을 얹고 어깨를 편다. 그러더니 한 박자 쉬었다가 말을 이었다.

"뭔 말을 하려는 건지 알겠지?"

"아니……."

잠시 침묵이 흘렀다. 사키는 얼마 동안 내 기색을 살폈으나, 내가 아무 말도 하지 않자 기다리다 못해, 또는 내게 생각할 마음이 없음을 알아차리고 살짝 한숨을 쉬었다. 그러고는 뭐라 중얼거렸다. 십중팔구 상상력이 없다느니 뭐니 그런 말이었을 것이다.

"그러니까 말이지, 이 가게가 만약 너희 쪽에도 남아 있다면 상관없지만, 혹시 너희 쪽에선 망했다면…… 백 퍼센트 내 공인 거잖아?"

……그건 그렇다. 나는 이 가게에 일절 관여한 적이 없으니.

"보통은 이런 거 절대 검증할 수 없잖아. 뭐, 황당무계 현상의 응용으로선 너무 사소한가 싶긴 하지만, 뭐든 생각나는 것부터 공략해야지."

그 때문에 잠도 제대로 못 자 피곤한 나를 끌고 다녔다는 말인가. 아니, 별반 그 때문에 화가 난 것은 아니다. 하지만…….

"그걸 알아서 뭐가 어떻게 된다는 거지…….."

무심코 흘러나온 혼잣말에 사키가 과장되게 반응했다.

"얘가 대체 뭔 소리야!"

"……댁 아니었으면 이 가게가 망했을 거라는 게 증명됐다고 달라질 게 뭐가 있다고."

"그 점이, 상상력이 없다는 거라니까."

또다시 손가락을 들이댔다.

"생각 좀 해 보라고. 이 가게가 내 힘으로 살아남았다는 확신을 얻으면…….."

"어."

"값 깎을 때 얼마나 심리적으로 우위에 설 수 있는지, 그야말로 상상을 초월하잖니!"

그런가? 주인은 그 사실을 모르니 별로 관계없을 것 같은데. 사키에게 영문을 알 수 없는 자신감과 박력이 더해질 테니 어느 정도는 유리할지 모르지만, 둘 다 이미 충분하고도 남는 것 같다. 게다가 그런 것은 물론 나중에 갖다 붙인 이유일 뿐, 사키는 그저 알고 싶었던 것뿐이다. 상상력을 만족시키기 위해. 가게 문이 열리더니 작은 사각 테 안경을 쓰고 체크무늬 앞치마를 두른 여자가 나타났다.

"무슨 이야기를 하는지는 모르지만 남의 가게 앞에서 큰소리로 망한다, 망한다 하지 말도록."

"오, 안녕하세요, 언니."

사키가 장난스레 머리를 숙여 인사했다. 덩달아 나도 고개를 꾸벅했다. 이 사람이 주인인 모양이다. 말씨는 뚝뚝해도 어딘지 모르게 온화함과 여유가 있는 것이 어른스럽다는 인상을 받았는데, 사키의 말이 사실이라면 가게를 말아먹을 뻔한 적이 한 번 있는 모양이다. 어이없다는 목소리로 이렇게 말했다.

"사키 너, 깎아 달라고 하지도 않으면서."

"아니, 뭐, 어차피 세일할 때만 사잖아요."

"말하면 깎아 줄 텐데. 신세 진 건 사실이고."

"그건 그거, 이건 이거라고요. 안 그래?"

내게 동의를 구한들 곤란하다. 주인은 나를 유심히 보더니 사키에게 물었다.

"어째 둘이 닮았는걸. 친척이야?"

"동생 같은 거예요."

"동생이 있었어?"

"정확히는 동생인 듯한 애예요."

모호하게 단언한다. 그런 설명으로 통할 것 같지 않은데. 아니나 다를까, 주인은 의아스레 고개를 갸웃거렸다. 그러나 그 이상 캐묻지는 않고 나를 향해 미소를 지었다.

"사키의 동생이면 고생깨나 하겠는걸. 뭐, 언제든 놀러 오렴. 입구는 이래도 들어오면 안은 꽤 넓거든. 구경하고 갈래?"

마지막 말은 사키에게 한 것이었다. 사키는 다소 아쉬운 표정으로 고개를 흔들었다.

"얘가 볼일이 있다고 해서요."

"그래? 그럼 또 보자."

주인은 가볍게 손을 흔들고는 발길을 돌려 안으로 들어갔다. 시원스럽게 떠난다고 할지, 어째 느낌이 좋은 사람이라 호감이 갔다. 내 쪽에서도 가게를 계속 하고 있다면 좋았을 텐데.

이야기하는 사이에 생각났다. 양판점보다도 싼 옷을 찾던 중에 이 길에서 헌 옷 가게를 발견했다. 눈앞의 건물에 있는 가게인데, 지금 내가 입은 카고 팬츠도 거기서 샀다. 그때 기억으로는 분명히 헌 옷 가게 옆에 실버 액세서리 가게는 존재하지 않았다. 대신 헌 옷의 '하자 상품'을 쌓아 놓은 매대가 있었다. 나는 내 옷을 그곳에서 찾았다.

내 쪽 액세서리 가게 주인은 안됐다 싶다. 어제 사키가 '틀린 그림 찾기'라고 했는데, 이 가게가 살아남았느냐 아니냐, 그것도 두 세계가 확연히 다르다.

사키에게는 말하지 않기로 했다.

\3\

고린보 근처까지 돌아오고 말았으니 여기서 강변 공원까지 가려면 꽤 멀다. 나는 걷는 데 익숙하니 상관없지만 사키에게는 다소 힘들지 않을까. 그 말을 듣자 사키는 잠시 생각한 끝에 이렇게 제안했다.

"뭐, 걸어가면 두 시간쯤 걸리겠지. 그렇다고 모처럼의 재밌거리를 앞에 두고 버스로 곧장 가는 것도 멋대가리 없고 말이야. ⋯⋯중간을 취해서 자전거를 빌리는 건 어때?"

대여 자전거는 관광객이 타는 것이라는 고정 관념이 있는 내게는 상당히 기발하게 들렸지만, 체력과 시간, 백 엔이 아쉬운 내 지갑 사정을 전부 고려할 때 나쁘지 않은 제안이라는 생각이 들었다. 다만…….

"나야 빌릴 수밖에 없지만 댁은 자전거 없어?"

"어제 봤잖아. 난 스쿠터."

"그거 댁의 거였어? ……하지만 고등학교 2학년이잖아. 면허 있는 거야?"

사키는 "홋" 하고 소리 내어 웃더니 사슬이 달린 반 접는 지갑을 꺼내 펼쳤다. 사진발이 안 좋은지 엄청 악당 같은 얼굴로 찍힌 사키의 사진과 더불어, 원동기 면허를 가지고 있음을 증명하는 면허증이 있었다. 이렇게 명확한 신분증이 있으면 어제 다툴 때 보여 주지 그랬나. 사키는 검지를 입술에 대더니 "학교엔 비밀이야!" 하고 짐짓 속삭였다.

자전거를 빌려 안장 높이를 조절하고 일단 겐로쿠엔 근처까지 비탈을 내려갔다. 빨간불에 걸렸을 때 사키가 명랑한 목소리로 이런 말을 했다.

"나 말이지, 중학교 때 학교 갔다 오다가 자전거로 꽤 큰 사고를 당했거든. 자전거 타는 거 그 뒤로 처음이야."

아사노가와 강을 거슬러 올라가는데 간선 도로를 따라갈 것인가, 아니면 주택가를 빠져나가 처음부터 강변을 달릴 것인가. 어느 쪽이든 사실 상관없었지만, 앞장서서 달리는 사키는 강변 코스를 택한 듯했다. 이쪽 길은 좁기는 해도 신호등이 거의 없다.

눈에 익은 길, 자주 다녔던 길이었지만, 대여 자전거를 타고 지금까지 존재하지 않았던 사람과 같이 달리려니 묘하게 신선한 기분이 들었다. 강변에는 바람이 많이 분다. 동해를 건너오는 바람은 차갑고 세지만 지금은 순풍이 되어 뒤에서 자전거를 밀어 주었다. 사키는 이 근방 주민이나 알 듯한, 연립 주택과 연립 주택 사이의 골목으로 서슴없이 뛰어들었다. 좁은 공간을 빠져나오자 나와 자전거를 나란히 하고 "좀 있으면 점심때인데" 하고 말을 붙였다.

"어디서 가볍게 해결할까? 아니면 배 안 고파?"

안 고프지는 않았다. 어젯밤 편의점 주먹밥을 먹은 게 마지막이었으므로, 안 고프지 않다기보다 슬슬 심각하다는 생각도 들었다.

"고픈데."

"어디 아는 데 있어? 맛있는 집."

맛있는 집은 아는 데가 없었다. 삼 년 전까지는 괜찮은 곳에서 외식할 때도 가끔 있었지만, 그 이후로는 가격과 양의 밸런스가 중요하지 맛은 굳이 따지자면 고려 대상이 아니었다. 그렇기는 해도…….

"싸고, 금방 나오고, 아무도 맛없단 소리는 안 하는 곳이라면 알았는데."

"……어째 이것저것 숨은 뜻이 있는 것처럼 들리는걸."

그렇지는 않다.

"어딘데? 나도 아는 데려나?"

"글쎄, 다쓰카와 식당이란 곳인데."

사키는 곧바로 아아, 응, 하고 몇 차례 고개를 끄덕였다.

"응, 알아. 중학교 근처에 있는 데지. ……뭐랄까, 터프한 곳이 단골집인걸. 난 들어가 본 적 없는데."

그럴 만도 하다. 다쓰카와 식당의 주된 손님은 육체노동을 하는 형님들이었다. 배고픈 남자 고등학생이 들어가는 일은 있어도 명랑한 여고생과는 연이 없을 것이다.

"자주 갔어?"

"일주일에 두세 번."

가장 싸게는 소비세 포함해서 백사십 엔에 한 끼를 해결할 수 있는 훌륭한 곳이니 말이다. 어지간한 편의점 도시락을 먹느니 그쪽을 이용할 때가 더 많았다.

이야기하는 사이에 자전거 속도가 느려져 차체가 휘청거렸다. 사키도 거의 동시에 비틀거리는 바람에 앞바퀴가 접촉할 뻔했다. 카운터 스티어링으로 이럭저럭 태세를 바로잡고 페달을 힘주어 밟았다. 사키는 두세 번 선 채로 페달을 돌리더니 웃으며 말했다.

"혼자선 못 들어갈 데네. 좋아, 거기로 가자."

나는 얼굴을 찡그렸다. 이유는 두 가지. 첫째, 아무리 생각해도 인조 모피 조끼를 입은 여고생은 다쓰카와 식당에서 너무 튈 것이다. 그리고 둘째, 이쪽이 더 중요한데.

"과거형으로 말한 것 같은데. 이젠 없어, 다쓰카와 식당."

그러나 사키는 고개를 갸웃했다.

"어? 있어. 있을걸. 아마. 분명히."

"건물은 남아 있지만 영업은 안 해."

"어? 아냐. 해. 할걸. 아마. 분명히."

……나는 잠시 생각해 보았다. 나는 아무래도 또 다른 가능 세계에서 온 손님인 듯하다. 이쪽 세계에서는 다쓰카와 식당도 남아 있더라 하는 일이 있을 수 있을까.

실버 액세서리 가게가 이쪽에서 살아남은 것에는 사키의 조력이 있었기 때문이라는 명확한 이유가 있다. 구체적으로 무슨 일을 했는지는 듣지 못했지만, 여고생인 사키가 액세서리 가게 선전을 하는 것은 어려운 일일 것 같지 않다. 하지만 사키는 다쓰카와 식당에 들어가 본 적도 없다고 말했다. 그런데도 만약 정말 다쓰카와 식당이 남아 있다면…….

엄청난 일이다.

"뭐, 어쨌든 가 보자. 그렇게 멀리 돌아가는 것도 아니고."

사키는 결정한 모양이다. 나는 어쩐지 가고 싶지 않은 기분이었다.

다쓰카와 식당은 사가노가에서 중학교로 가는 길에 있다. 참고로 고등학교는 중학교보다 훨씬 멀기는 해도 똑같이 이 길을 지난다.

우리가 자전거를 달리는 길은 집에서 중학교를 가건, 고등학교를 가건 지나게 되는, 가장 많이 다닌 길이었다. 좁은 도로로 차가 유난히 자주 지나다니는 터라 자전거 두 대가 나란히 달리기는 힘들었다. 사키를 앞세웠다.

가볍게 커브를 돌자 이발소와 술집 등이 몇 곳 늘어선 곳에 다쓰카와 식당이 나타났다. 식당은 사실 부업이고 본업은 제면 공장이다. 자기 공장에서 만든 면을 삶아 손님에게 내니 그런 터무니없이 싼 값이 가능하다. 다쓰카와 제면의 간판이 걸려 있고, 식당 쪽은······.

"그거 봐."

사키는 자전거를 세우고 득의양양하게 말했다. 검지로 가리킨 곳에는 '영업중'이라는 패가 걸려 있었다.

"······."

아니다.

"영업할 리가 없어. 액세서리 가게가 안 망한 거하곤 이야기가 다르다고."

"그렇지만 실제로 문 열었잖아."

사실 앞에서 내 반론은 헛되었다. 사키도 배고픔을 해결하는 게 먼저라고 생각했는지 미닫이문을 열었다. 면을 삶는 솥에서 김이 뭉게뭉게 피어올라 습도 백 퍼센트인 공기가 우리를 맞이했다. 싸구려 철제 테이블에 둥근 의자. 젖은 바닥. 내가 아는 다쓰카와 식당과 똑같았다. 오늘은 일요일이라 육체노동을 하는 형님들은 별로 많지 않았다. "어서 옵쇼" 하고 맞아 준 목소리까지 기억 속에 있는 그대로였다. 작은 키에 여윈 몸집, 요리복에 고무장화 차림의 바지런히 움직이는 할아버지. 다쓰카와 식당 주인이다.

"뭐 줄까?"

여느 때 같은 목소리로 그렇게 묻는 바람에 나는 당혹감을 잊고 거의 반사적으로 대답했다.

"아, 저, 곱온파듬뽁요."

"곱온파듬뽁 하나. 그쪽 언니는?"

사키는 수증기가 자욱한 실내를 재빨리 둘러보더니 내 윈드브레이커 자락을 잡아당겼다.

"저기, 메뉴는?"

"우동 아니면 메밀국수밖에 없어. 나머지는 달걀의 유무와 삶은 정도, 튀김의 유무, 건더기 양 조절."

"……역에 있는 간이 국수집 같네. 음, 그럼, 튀김 메밀국수요."

"튀김 메밀 하나. 자, 곱온파듬뿍 나왔다. 이백이십 엔."

"헉, 벌써 나왔어."

사키가 어이없다는 듯 말했다. 나도 어이가 없었다. 이 신속함, 가격, 말투까지 똑같다. 주문 직후 내가 동전을 쥐고 있는 것도 똑같았다. 다만 내가 "고맙습니다" 하며 가볍게 머리를 꾸벅하고 그릇을 받아 들어도, 할아버지가 내게 아무 말도 하지 않았다는 것만이 달랐다. 태도는 붙임성이 있지만 무심히 하던 일로 돌아간다. 나는 할아버지의 뒤통수를 잠시 바라본 뒤 국물이 찰랑찰랑 넘칠 듯한 그릇을 받쳐 들고 철제 테이블 하나를 확보했다. 그즈음에는 사키의 튀김 메밀국수도 다 되어 있었다.

"자, 튀김 메밀 나왔다. 백구십 엔."

테이블에 앉더니 사키는 고개를 갸우뚱한 채 자신의 그릇을 유심히 바라보았다.

"이백 엔 내고 거스름돈을 받았어. 이백 엔 내고 거스름돈을 받았어."

두 번이나 말할 정도로 충격적이었나?

"'곱온파듬뿍'은 무슨 의미인지 상상이 가. 우동 곱빼기, 온천 달걀에 파 듬뿍이란 거지?"

대답 없이 시치미를 뿌리는 것으로 긍정을 대신했다. 참고로 우동이 아니라 메밀국수 곱빼기에 온천 달걀을 추가할 때는 '메곱온달'이고, 메밀국수 곱빼기에 삶은 달걀일 때는 '메곱사달'이다.

사키는 젓가락을 가르며 말했다.

"다만 알 수 없는 건 네가 왜 그렇게 충격을 받았느냐 하는 거야. 너희 세계엔 이 가게가 없었다는 건 알겠는데 말이지."

"나중에 말할게. 잠깐 생각할 시간을 주지 않겠어? 배도 고프고."

내 무뚝뚝한 어조에 사키가 살짝 눈살을 찌푸렸다.

"……흠. 어쨌든 잘 먹겠습니다."

가게 뒤 공장에서 만든 면을 데쳐 가다랑어포와 파를 얹고 국물을 부었을 뿐인 우동과 메밀국수. 엄청 맛있을 리 없지만, 맛없을 수도 없다.

"적어도 맛에 관해선 네가 무슨 말을 하려 했던 건지 알았어. 이거야 원, 누가 먹어도 75점 정도겠네. 간이 국수집 국수 갖고 불평해 봤자 소용없다고 할지."

국물이 튀지 않게 조심해서 튀김 국수를 먹던 사키가 감탄한 양 신음하며 말했다. 나는 온천 달걀을 젓가락으로 쪼개며 대답했다.

"……저 할아버지, 거동을 못 해야 하거든."

"저런."

"이 가게에 대해 몰랐던 거 맞지?"

"존재는 알고 있었다니까."

이상하다.

친숙한 맛. 할아버지가 틈나는 대로 테이블을 닦으러 오는 것도 똑같다.

"잠깐 좀 닦겠습니다."

나는 위생모를 쓴 할아버지에게 물었다. 여느 때 같이 허물없는 태도가 아니라 초면이었을 때 같은 존댓말로.

"저기요."

"그래."

"얼마 전에 쓰러지지 않으셨나요? 뇌졸중으로."

할아버지는 내가 기억하는 것과 똑같이 사람 좋은 웃음을 지으며 나 같은 어린애에게 머리를 정중히 숙였다.

"걱정해 줘서 고맙구나. 보다시피 다시 이렇게 일할 수 있게 됐단다."

"다행이네요. 후유증은 없으신가요?"

"구급차가 조금만 더 늦었으면 어떻게 됐을지 모른다더라."

"몸조리 잘하시고요."

"고맙다."

할아버지가 멀어지기를 기다렸다가 역시 국물이 튀지 않을까 조심하는 사키에게 재차 확인했다.

"정말 아무것도 안 한 거야?"

눈을 위로 치뜬 사키도 어쩐지 의아한 표정이었다.

"안 했다니까. 사정은 상상이 되지만. 네가 뭘 한 거 아냐? 구급차를 멈춰 세웠다든지."

과호흡으로 보건실 신세를 진 적은 있어도 구급차와 관련된 적은 없다. 이렇게 되면 알 수 없다. 알 수 없는 일은 그대로 받아들이는 수밖에 없다. '틀린 그림 찾기'는 틀린 부분을 찾아내기만 하면 되지, 이유까지 생각할 필요는 없다. 나는 그 뒤로 잠자코 곱온파듬뿍을 먹었다.

사키는 연신 고개를 갸웃거리고 있었다. 분명 상상력을 발동하고 있었을 것이다.

고민할 마음은 없었건만 이유가 금세 판명되었다.

다쓰카와 식당에서 나온 직후였다. 좁고 위험한 이 길에 내가 모르는 변동 사항이 있음을 깨달았다. 새 아스팔트. 흰색이 아직 선명한 중앙선. 앞서 가는 사키를 나도 모르게 불러 세웠다.

"어? 왜?"

"은행나무가……."

길 위로 가지를 뻗어 가을이 끝날 무렵이면 잎을 대량으로 떨어뜨리던 은행나무. 소문에 따르면 추억 때문에 땅 주인이 베는 것을 허락하지 않았다는 은행나무가, 있어야 할 자리에 없었다.

"은행나무가 없어."

내가 중얼거린 말을 듣고 사키가 이제 이해됐다는 듯 환하게 웃었다.

"아, 그렇구나! 너희 세계에선 여기 은행나무가 남아 있구나!"

2차선 도로를 부분적으로 1차선 도로로 만들었던 은행나무가 없어지고 도로 확장 공사도 된 상태였다.

"그렇게 된 거구나. 너희 쪽에선 은행나무가 남아 있었기 때문에 길이 여전히 좁았어. 그래서 구급차가 늦어진 게 틀림없어."

나도 그것은 짐작할 수 있었다. 은행나무가 야기했던 교통 정체는 시간대에 따라서는 여간 심각한 게 아니었다. 그런 나무가 없어졌으니 구급차의 도착이 빨라진 것도 이해할 수 있다. 내가 아연했던 것은, 은행나무의 유무가 다쓰카와 식당 할아버지의 생사를 갈랐다 해도 사키가 있었기에 은행나무가 베였다, 내지는 내가 있었기에 은행나무가 베이지 않았다 하는 인과를 도무지 알 수 없었기 때문이다.

아무것도 없는 도로를 멍하니 쳐다보는 내게 사키가 의기양양한 표정으로 가르쳐 주었다.

"하하, 참, 이걸 생각 못 했다니 나도 아직 멀었네. 그렇지만 뭐, 너한테 상상하라는 건 가혹한 일이니까. 내가 은행나무를 베게 한 건 틀림없지만, 경위가 약간 특수하거든."

검정 데님 바지를 입은 자신의 오른쪽 정강이를 찰싹 때렸다.

"나, 여기서 사고를 당했어."

어째선지 유난스레 명랑한 말투였다.

"굉장했다고. 나, 그때 내 뼈를 처음 봤지 뭐야. 그 순간엔 하나도 안 아프더라. 은행나무 때문에 길이 좁아져서, 그래서 차가 이상하게 움직이는 바람에 그만 거기 휘말리고 만 거야. 은행나무랑 차 사이에 끼였는데, 솔직히 죽는 줄 알았어. 나중에 내 자전거를 봤더니 완전히 짜부라졌지 뭐야. 어떻게 안 죽고 살았는지 알 수 없었어.

한동안 입원했다가 퇴원해 봤더니 은행나무를 베었더라고. 진짜인지 아닌지는 알 수 없지만, 땅 주인 할머니가 울면서 후회했대. 자기 고집 때문에 다른 사람이 다쳤다고."

"그건…… 안됐네."

"내가? 할머니가?"

딱히 대답을 기대한 것은 아닌 듯, 사키는 이미 멀리 길모퉁이 너머로 사라진 다쓰카와 식당 쪽을 바라보며 눈을 가늘게 떴다.

"내 뼈가 저 할아버지를 구했단 말이지……."

그렇게 감정을 듬뿍 담아 중얼거린들 키워드가 뼈여서는 치명적으로 낭만적이지 않다. 나는 평범한 도로를 바라보기도 싫증 나 천천히 페달에 발을 얹었다. 말해 줄 생각은 없었지만 중얼거리지 않을 수 없었다.

"……저 할아버지 말이야."

"응."

"나한테 꽤 마음을 써 줬어. 단골들 중에선 비교가 안 되게 어렸으니까. 튀김을 공짜로 얹어 주기도 하고 말이지. 내가 왜 노상 저녁 시간에 오는 건지 캐묻지 않고, 그러면서 한두 마디 말을 붙여 주곤 했어. 그게 기뻤거든."

"응."

사키도 페달을 밟으려다가 퍼뜩 생각난 것처럼 한마디 했다.

"뭐, 일장일단이 있긴 해. 확실히 내가 사고를 당한 것 때문에 할아버지가 살았는지 모르지만. 도로가 넓어지면서 차가 꽤 늘어서 여기, 꽤 위험해졌거든."

나는 웃었다.

위로한답시고 그런 말을 하는 것이라면 사키도 의외로 별 볼 일 없다.

\4\

아사노가와 강을 따라 상류로 자전거를 달려 가나자와 교외로 접근하자, 길이 넓어지고 세련된 건물이 눈에 띄게 늘어났다. 산기슭에서 강물이 흘러나오는 이 부근은 최근 들어 개발된 지역이라 거리 자체가 아직 새롭다. 내가 철들었을 즈음 도로는 이미 대부분 닦여 있었지만, 그 뒤로도 여러 점포가 문을 열고, 집이 지어지고, 길이 더욱 확장되었다.

호안 공사를 해 놓아 펀펀한 콘크리트로 보호되는 강은 흡사 용수로나 다름없어 보였다. 산책로가 있기는 해도 인공물로 덮어 놓은 강변을 걸은들 별 대단한 운치가 있을 리 없다.

어제 내가 정신이 들었던 강변 공원은 길이 산지로 들어서는 언저리에 있다. 여기까지 오면 민가도 드문드문 있을 뿐이다. 이 길을 따라 더 들어가면 가나자와 교도소가 있다고 한다.

이런 변두리도 일요일인 오늘은 사람이 꽤 많았다. 다른 이유가 아니라 광대한 주차장을 갖춘 자스코가 있어서다.

시끌벅적한 자스코를 무시하고 자전거를 세웠다.

"여기야?"

사키가 물었다.

나는 고개를 흔들었다. 정확히는 이쪽이 아니라 강 건너편이다. 차로 지날 수 없는 눈앞의 좁은 다리를 건넌 곳이 강변 공원이다. 강 건너, 어제 누워 있던 벤치에 눈길을 주었다. 흰 개를 데리고 있는 중년 남자가 버티고 앉아 담배를 피우고 있었다. 사키는 낙담했다고 할지, 당혹했다고 할지, 의욕이 나지 않음이 여실히 드러나는 목소리로 신음했다.

"……음, 평범하네. 그럴 거라고 생각은 했지만, 다른 가능 세계로 통하는 문을 감춘 신비적인 분위기는 기대도 말아야겠는걸."

그래도 뭔가 있지 않을까 해서 왔건만, 신비적이냐 아니냐는 둘째치고 뭔가 있을 성싶지 않다. 별로 넓은 것도 아니고

유서가 있는 것도 아닌 평범한 공원. 어쨌거나 일단 그쪽으로 건너가 보자고 생각한 찰나, 전자음이 울렸다.

"오, 잠깐만."

사키는 휴대 전화를 꺼내 액정을 보더니 들뜬 목소리로 전화를 받았다.

"응, 안녕. 뭐? 아, 응. 집에 없어. 시간……."

나를 흘깃 보고 담배를 바닥에 버리고 짓밟는 중년 남자를 보더니 "굳이 말하자면 시간 있는 편" 하고 대답했다. 이곳에서의 볼일은 금세 끝나리라고 단정한 모양이다. 아마 옳은 판단일 것이다.

"그런데 지금 자스코에 있거든. 응, 와카마쓰. ……어? 진짜?"

표정이 어두워졌다.

"그렇구나. 응. ……괜찮아. 아니, 정말 자스코에 있는 건 아니고. 근처에 공원 있잖아? ……응, 거기!"

이번에는 옛날 생각이 난다는 듯 웃는다. 나는 달리 할 일이 없어서 자전거에 자물쇠를 채웠다. 고양이가 보였다. 털이 반질반질한 검정고양이다. 눈이 마주치자 어째선지 살그머니 다가왔다. 고양이의 아름다운 녹색 눈에 순간 매료되었다. 그러나 검정고양이는 따분하다는 듯 울더니 고개를 돌려 버렸다. 뭐, 나를 좋아해 주리라 생각하지는 않았다.

"그러게. 그런 일도 있었지. 어쨌든 거기 있을 거야. 응, 기다릴게."

전화를 끊은 사키는 뒷주머니에서 손수건을 꺼내 액정을 닦으며 말했다.

"친구가 자스코에 있다고 만나자는데. 내가 좀 인기가 많거든. 사랑한다고 한마디 해 주면 만족하고 돌아갈 테니까 좀만 기다려 줘."

전화 건 사람이 남자였나? 분위기로 여자일 줄 알았는데.

사키는 전화기를 넣고는 다시금 공원을 둘러보더니 허리에 손을 얹고 말했다.

"자, 그럼…… 조사를 시작하기 전에 내 의문 하나만 들어 줄래?"

"의문?"

"응."

검지를 쳐든다.

"넌 내가 태어나지 않은 가능 세계에서 온 방문자라고 일단 가정하자."

새삼 그렇게 말로 하니 도무지 믿기지 않지만.

"워프라고 해야 하나, 슬라이드라고 해야 하나, 아무튼 그게 발생한 곳이 도진보. 거기까지는 됐어. 나도 한 번 가 봤는데, 거기는 뭐랄까, 뭔 일이 있어도 이상할 것 없지. 남한테 떠밀려서 떨어져 죽은 스님 이름이 지명이 됐을 정도니 말이야.

그렇지만 워프 아웃이라고 해야 하나, 슬라이드 오프라고 해야 하나, 그게 발생한 게 여기였다는 게 도무지 이해가 안 돼. 말하지 않아도 알겠지만 여기, 그냥 평범한 광장이나 다름없잖아. 다리 건너편도 그렇고. 그냥 평범한 자전거 산책로라고. 그래서 너한테 물어보고 싶은 건 이거야.

너, 왜 하필 이곳인지 뭐 짐작 가는 거 있니?"

그렇게 물은들……

"왜 이런 일이 벌어졌는지도 모르는데 짐작 가는 게 있을 리 없잖아."

"그야 그렇겠지만, 전에 와 본 적도 없는 거야? 아니, 도진보에서 슉 사라졌다가 도진보에 슉 나타났다면 이해되지. 웬 사당 안이라든지 산 제물을 바치는 제단 위에 출몰했다면 드라마틱할 테고. 그런데 왜 가나자와, 그것도 하필이면 와카마쓰 정의 강변 공원인지 이유가 일 밀리그램도 없으면 이야깃거리로서 재미없잖아?"

"이야깃거리로 취급하면 곤란해. 여기서 정신이 들었으니 원래 그런 거라고 생각하는 수밖에 없잖아."

사키는 쳐들고 있던 검지를 내게 들이댔다. 그럴 줄 알았다.

"그걸 상상해 보란 말이야."

"상상해 보긴……."

"진짜로 짐작 가는 데가 아무것도 없고, 그 이전에 와 본 적도 없다면…… 뭐, 아닌 게 아니라 어쩔 수 없지만."

재미없다는 듯 손가락을 내리고 발치의 시들어 가는 풀을 걷어찬다.

사키를 속이려니 조금 미안했다.

실제로는 이곳에 와 본 적이 있었다.

그뿐 아니라 오히려 추억 어린 장소라 할 수 있었다.

스와 노조미를 애도하던 내가 정체불명의 현상에 말려들어 정신이 든 장소로서는 되레 적절하기조차 했다.

말하지 않는 것은 다른 이유가 아니라 말하고 싶지 않아서였다.

사가노 사키는 양陽의 성질을 지닌 인간으로, 분명 그 밝은 성격으로 많은 사람들을 도우며 살아왔을 것이다. 그것은 알겠다. 그렇지만.

햇볕을 쬐기 싫은 때도 있는 법이다.

삼 년 전 겨울.

아마 그때도 지금처럼 십이월이었을 것이다. 바람은 무척
찼지만 눈은 아직 내리지 않았다. 이름도 못 들어 본 개그맨
이 자스코에서 공연을 한다고 해서 내가 보러 가게 되었다.

그 개그맨은 어떤 관계인지도 모를 만큼 멀기는 해도 일
단 외가 쪽 친척이라, 우리 집에서 한 사람은 얼굴을 내밀어
야 체면이 산다는 듯했다. 형은 친구와 약속이 있었고, 어머
니는 '반상회 모임'이 있었다. 나중에 알고 보니 정말 모임이
있었던 모양인데, 당시만 해도 몰랐던 터라 체면상 그렇게 중
요시하는 친척 관련 자리에 애를 대신 내보내고 자신은 놀러
나가다니 역시 대단하다고 감탄했던 기억이 있다. 욕설을 듣
고 집에서 나온 나는 돌아가서도 욕설을 들을 생각을 하니 넌
더리가 나서 자스코로 갔다.

이름도 못 들어 본 개그맨은 이름도 못 들어 봤을 만했다.
추운 겨울날 실내에서까지 썰렁함을 맛보는 데 신물이 나, 체
면치레를 할 만큼 있다가 적당히 일어섰다. 바로 돌아갈 마음
도 나지 않아 멍하니 주위를 어슬렁거리는데, 강 건너 강변
공원 가장자리, 자전거 산책로의 벤치에 누가 앉아 있는 게
보였다.

해가 짧은 계절이니 주위는 이미 어둑어둑하고 하늘도 늘

그러하듯 흐렸다. 그렇지 않아도 물가는 공기가 더 찰 텐데, 흰 벤치에 앉아 꼼짝도 하지 않는 사람은 스와 노조미가 틀림없었다. 노조미는 뭘 하는 것도 아니고 그저 흐르는 물을 바라보는 듯했다. 표정이 없이 종잇장처럼 흰 옆얼굴에서 심상치 않은 느낌이 들었다. 느닷없이 그녀와 이야기하고 싶어졌다.

자전거를 끌고 다리를 건넜다. 옆쪽에서 다가갔는데, 바로 근처까지 가도록 그녀는 나를 알아차리지 못했다. 발소리를 들었는지 노조미가 고개를 홱 쳐들었다. 그 얼굴에는 역시 표정이라 할 게 없었다.

"아아, 사가노구나."

노조미가 입은 연분홍 스웨터는 짜임새가 성겨서 겨울바람을 막아 줄 성싶지 않았다. 실제로 그녀의 입술은 핏기를 잃어 거의 자주색으로 보였다. 이야기도 이야기지만 그게 걱정이었다.

"안 춥냐?"

노조미는 그제야 비로소 생각났다는 양 자신의 몸을 살며시 싸안았다.

"춥네."

"이런 데서 뭐 하냐?"

"사가노도 이런 데 와 있잖아."

"난……."

노조미를 발견하고 왔다는 말은 차마 나오지 않았다. 나와 노조미는 몇 차례 말을 주고받았을 뿐이었다. 대신 무뚝뚝하게 말했던 기억이 있다.

"자스코에 개그맨이 왔다고 해서."

"개그맨?"

무표정했던 노조미의 얼굴에 의문의 빛이 떠올랐다.

"사가노가?"

내가 연예인을 보러 일부러 걸음을 했다는 게 노조미에게는 이상하게 느껴지는 모양이었다. 노조미는 내가 그런 일을 하지 않는 인간임을 안다는 뜻이다. ……그런 사소한 일에 기쁨을 느끼는 자신은 꽤나 바보다 싶었다.

"외가 친척이거든. 보러 가야 체면이 사니까."

"그래. 웃겼어?"

"아니……."

내 대답에 노조미는 쿡 웃었다.

"그거 비참하네."

그러게 말이다. 나도 웃었다. 살갗을 후벼 파는 추위도 그 덕분에 조금은 누그러진 듯했다. 노조미는 시선을 강물로 돌리고 속삭였다.

"……난 생각하고 있었어. 진로에 관해."

"진로?"

당시 나는 중학교 1학년. 초등학생과는 고작 일 년 차이가
날 뿐인데도 꽤 멀리 온 기분이었다. 하지만 그래도 진로라는
말은 역시 너무 일렀다. 나는 그저 멍하니 노조미의 옆얼굴만
바라보았다.

노조미는 보일 듯 말 듯, 마치 미소를 짓는 양 입가를 일그
러뜨리며 말했다.

"내 곁에서 '모럴리스트'하고 '휴머니스트'가 서로 싸우고
있거든. 난 어느 쪽도 되기 싫어. ……그래서 어떻게 해야 할
까 싶어서."

물론 '모럴리스트'라는 말도 '휴머니스트'라는 말도 내게
는 너무 일렀다. 하지만 사키에게 상상력이 없다고 실컷 욕
먹은 나도 이것만은 알 수 있었다. 노조미는 '모럴리스트'와
'휴머니스트'의 싸움 탓에 고통 받고 있다. 십중팔구 아주 큰
고통을.

아니면 십이월에 강변에 앉아 바람을 맞고 있을 리 없다.
당시의 나는 사키의 말을 빌리면 '지독한 상태'로, 솔직히 고
백하자면 나 자신을 불행하다고 생각하지 않은 것은 아니었

다. 하지만 나만 불행한 사람이라고 생각하지 않았다는 게 내 작은 자랑거리다.

"어떻게 되는 게 좋은 걸까?"

노조미는 별반 대답을 기대하지 않았다고 생각한다. 내 쪽을 쳐다보지도 않았으니까. 게다가 대답하고 싶어도 나는 노조미에 대해 아는 게 너무 없었다. 하지만 잠자코 있기도 어째 바보 같아서 무슨 말인가 해야 할 것 같았다. 노조미에 관해 할 수 있는 말이 없다면, 내가 할 수 있는 말은 오직 하나뿐이다.

"……아무것도 아니게 되면 되지 않을까."

노조미가 천천히 내게 시선을 돌렸다.

"아무것도 아니게 된다고?"

"그럼 분명 모럴리스트한테도, 휴머니스트한테도……."

자식을 낳은 것은 사회적 지위 때문이라고 당사자인 자식에게 말하는 아버지에게도, 음식을 딱 2인분만 만들려고 부심하는 어머니에게도, '애는 이것으로 결단코 끝'이라는 의미의 이름에게도…….

"무적이 될 수 있어."

사고를 중단시킨 것은 사키가 아니라 한없이 명랑한 다른 사람의 목소리였다.

"선배! 사키 선배!"

"아, 왔다."

그 목소리에 무심코 뒤를 돌아본 나는 이곳이 내 세계가 아니라는 것을 그제야 비로소 깨달았다.

결혼 기념 접시가 무사했고, 실버 액세서리 가게는 문을 닫지 않았고, 다쓰카와 식당 할아버지는 건강하게 일하고 있었다. 하지만 그것은 모두 말하자면 배경 같은 것이었다. 아닌 게 아니라 다르지만, 본질적인 요소는 아니다. 나는 이곳이 별세계라는 사키의 설을, 그건 곤란한데, 하는 정도로만 받아들이고 있었다. 그게 현실이라는 생각이 들지 않았다.

그러나 방금 실감했다. 이곳은 내 세계가 아니다. 그것은 현실이다.

내 시선이 향한 곳에서 스와 노조미가 손을 크게 흔들고 있었다.

\5\

노조미의 목소리는, 느낌은 똑같았다. 특징적인, 조금 쉰 목소리. 그러나 성량이 달랐다. 시원스러움이 달랐다. 톤이 달랐다. 노조미가 또렷또렷한 목소리로 "안녕하세요, 사키 선배. 근처에 계셔서 다행이에요"라고 하는 것을 듣고 현기증을 일으킬 뻔했다.

그녀는 분명히 스와 노조미였지만, 버전이 다른 옷 갈아입히는 인형처럼 내가 아는 스와 노조미와 모든 면에서 달랐다. 거의 금욕적이리만큼 색채가 없는 옷만 입던 노조미가 페이즐리 무늬의 튜닉에 보랏빛 점퍼를 걸치고 에메랄드그린 목도리를 두르고 있었다. 살짝 화장까지 했다. 행동거지에서 막연히 느껴지던 세련미가 전면에 한껏 드러나 있었다. 그리고 그런 것보다도, 뭣보다도 눈앞의 노조미는 티 없이 웃고 있었다. 살아 있었다!

도무지 서 있을 수 없어서 근처 벤치에 휘청휘청 주저앉았다. 등 뒤에서 벌어진 일이니 사키는 알아차리지 못한 채 노조미에게 대충 손을 흔들어 답했다.

"오, 잘 있었어?"

팔짝팔짝 뛰듯이 사키에게 다가온 노조미는 오른손을 자신의 입가에 갖다 댔다.

"감기 기운이 좀 있나 봐요. 보세요, 목도 이렇게 쉬었잖아요."

아닌 게 아니라 쉬기는 했지만.

"네 목소리 원래 그렇잖아."

"아니에요, 잘 들어 보시라니까요. 평소보다 더 쉬었단 말이에요. 보세요, 아, 아……."

"그래, 그래, 쉬었네, 쉬었어. 어이구, 참 큰일이네."

사키는 어이없다는 듯 건성으로 대꾸했다. 이 애가 정말 스와 노조미인가? 내가 노조미를 잘못 알아볼 리 없다. 하지만 너무나도…… 눈앞의 노조미는 시종 방글방글 웃으며 사키에게 달라붙어 애교를 부렸다. 웃는 일이 거의 없었던 내가 아는 노조미와는…… 전혀 딴판이었다.

지나치게 빤히 봤나 보다. 힘없이 벤치에 기대앉아 두 사람을 바라보던 나를 노조미가 알아차렸다. 수상쩍어하는 눈빛에 자연히 고개가 수그러졌다. 이쪽에서는 노조미가 살아 있다. 하지만 나를 모른다. 노조미의 시선을 좇아 나를 돌아본 사키가 소리쳤다.

"얘, 너 왜 그래? 무슨 일이야? 안색이 엄청 나빠! 헉, 사람 얼굴이 하얗게 된 거 나 처음 봐. 괜찮아?"

사키가 저렇게 허둥대다니 어지간히 얼굴이 형편없나 보다. 무거운 손을 애써 들어 올려 내저었다.

"좀…… 지친 것뿐이야……."

"지쳤다니."

눈살을 찌푸리는 사키의 소매를 노조미가 잡아당겼다.

"아는 사람이에요?"

"아, 응."

아까는 주저 없이 '동생 같은 거'라고 잘라 말하더니, 노조미를 상대로는 조금 망설였다.

"음, 뭐랄까, 친척."

"엥. 어째 거짓말 같은데요."

노조미는 불만스레 입을 삐죽 내밀었다.

"그런데 그게 거짓말이 아니란 말이지."

사키는 잔디를 밟고 내 옆에 서더니 벤치에 앉은 내게 맞춰 몸을 굽혔다. 얼굴을 내 얼굴 옆에 나란히 놓고 "봐, 눈 색깔이 똑같잖아"라고 했다.

"눈이 갈색인 사람, 별로 드물지 않은데요……."

노조미가 중얼거리듯 불평했다.

"그럼 뭐? 친척이 아니면 뭔데?"

"아니, 그러니까 선배도 드디어 아픔을 딛고 새로운 사랑을 발견했나 싶어서……."

노조미는 그렇게 장난을 치더니 고개를 살짝 갸웃했다.

"……그렇지만 그런 분위기는 아닌 것 같네요."

사키는 어깨를 으쓱했다.

"얘는 사가노 료. 너랑 같은 학년이야. 우연히 이쪽에 왔거든."

'이쪽'이라. 사키는 이어서 노조미를 가리켰다.

"얘는……."

"스와."

"뭐?"

사키가 되묻는 것도 아랑곳하지 않고 노조미에게 말했다.

"스와지?"

초등학교 때까지 요코하마에 살다가 중학교에 입학하면서 가나자와로 온 스와 노조미지?

노조미는 당황한 기색이 역력했다.

"아, 어, 응."

"사가노 료라고 해."

사키는 나와 노조미를 번갈아 보고 노조미는 또다시 수상한 인물을 보는 눈초리로 나를 보았다. 나는 모호한 미소를 지으며 얼버무렸다.

"사키한테서 이야기 들었어."

"아아, 그런 거야?"

노조미가 안도했다. 사키도 어렴풋이 사정을 알아차렸는지 말을 맞춰 주었다.

"응, 맞아. 스와라고, 괴상한 후배가 있다고 했거든."

"너무해요!"

하고 싶은 말은 많았다. 무사했구나. 어떻게 살아 있는 거지? ······정말 나를 몰라?

하지만 아무 말도 하지 못했다. 해 봤자 노조미에게 의심을 살 뿐이다. 지금 이 자리에서는 어떻게 할 방법이 없다. 나는 고개를 저으며 체념하고 '노조미와 처음 만나는 사키의 친척'을 연기하기로 결심했다. 억지웃음을 지으며 물었다.

"그래서 사키랑 스와는 어떤 관계인데?"

사키와 노조미는 동시에 마주 보았다. 사키가 노조미를 가리키며 "아아, 중학교……"까지 말했을 때 노조미가 별안간 사키에게 엉겨 붙었다. 나는 눈을 크게 떴다.

"얘, 노조미!"

사키의 항의에도 아랑곳없이 노조미는 뺨을 갖다 붙이더니 활짝 웃었다.

"이런 관계!"

"저, 저리 떨어져!"

어떻게든 노조미를 밀어 내려는 사키와 오기로라도 엉겨 붙어 있으려 하는 노조미. 어떻게 만난 사이인지는 몰라도 현재의 관계는 대충 알았다. 문득 생각했다. 아아, 이쪽 노조미는 바보 같기는 해도 행복해 보이는구나.

"으쌰!"

사키가 두 손으로 떠밀어 겨우 노조미를 떼어 냈다. 휘청거리며 두세 발짝 뒤로 물러난 노조미는 너무한다느니, 쌀쌀맞다느니 작은 목소리로 투덜거리는 듯했지만, 이쪽으로 누가 다가오는 것을 깨닫고 손짓했다. 그쪽을 본 사키의 표정이 기분 탓인지 어째 흐려진 듯했다.

나타난 사람은 나도 아는 얼굴이었다. 노조미와 조금 닮았지만 어쩐지 종잡을 수 없는 느낌의 여자애. 분명히 나나 노조미와 같은 학년일 텐데, 연상으로도 보이고 연하로도 보인다. 천천히 다가오더니 사키에게 가볍게 머리를 숙였다.

"오랜만이에요."

"어."

사키는 무관심하게 대답하더니 은근슬쩍 시선을 돌렸다.

"그때 여행 갔다 오고 처음인가?"

"네. 그때 신세 많이 졌어요."

"별로 뭐 해 준 기억 없는데."

상대방은 옅게 미소를 지었다.

"아뇨, 신세 졌죠."

매우 느린 말투. 소극적인 표정. 이 애는 내 쪽에서나 이쪽에서나 별 차이 없는 듯했다.

노조미가 사이에 서서 나를 소개했다.

"후미, 선배의 친척이래. 사가노…… 뭐랬지?"

"료."

"맞다, 료. 그리고 얘는…….."

그 애는 유키 후미카. 노조미의 사촌인데 가나자와 인근에 산다. 노조미와 친해 혼자 곧잘 가나자와로 놀러 왔다.

유키 후미카와 몇 번 만난 적이 있었다. 마지막으로 봤을 때는 교복 차림이었다. 노조미의 장례식 날. 장례에 참석하지 못한 나를 찾아왔다. 내가 노조미의 마지막 모습을 아는 것은 이 애에게 들었기 때문이다.

"내 사촌인데, 유키라고 해."

안녕, 하고 가볍게 인사했다.

이 애에게서 노조미가 죽은 당시 상황을 들었을 때, 당연히 무척 마음이 괴로웠다. 후미카는 무슨 사명감이 있었는지 상당히 극명하게 이야기했다. 그 기억이 되살아나 나도 모르게 후미카를 외면했다.

그러나 유키 후미카는 왜 그런지 벤치에 앉은 나를 빤히 쳐다보았다. 뜨거운 것 같기도 하고 차가운 것 같기도 한 시선. 그녀 자신과 마찬가지로 종잡을 수 없는 눈초리에 기시감을 느꼈다. 내 쪽에서 나를 보던 눈빛과 똑같이 느껴졌다. 이런저런 차이점이 있는 두 세계에서 후미카가 나를 보는 눈은 달라지지 않았다. 나도 모르게 또다시 자석에 이끌리듯 시선을 맞추고 말았다.

이 애, 뭐지……

어색한 침묵에 노조미가 익살을 부렸다.

"어머, 뭐야? 둘이 그렇게 서로 빤히 응시하다니."

나는 응시하지 않았다. 단순히 기이한 눈빛에서 시선을 뗄수 없었던 것뿐이다. 노조미가 후미카의 등을 탁 치면서 겨우시선에서 놓여났다. 후미카는 겸연쩍게 미소를 지었다.

"아, 응, 미안. 내가 잠깐 멍했지."

"초면에? 안 돼, 선배 친척이니까."

뭐가 어떻게 안 된다는 것인지 모르겠다. 그러고 보니 내쪽의 노조미도 가끔 이렇게 맥락을 잘 알 수 없는 소리를 하곤 했다. 살아 움직이는 스와 노조미를 처음 봤을 때의 충격에 가려져 있던 반가움이 문득 치솟아 순간 정신이 아득해졌다. 눈은 자연히 노조미의 옆얼굴을 향했다.

사키가 그런 나를 깨달았다.

"무슨 일이야? 이번엔 노조미를 넋 놓고 쳐다보네."

"어? 날? 어머."

노조미는 장난스레 몸을 비비 꼬았다.

"넋 놓고 쳐다본 게 아니라……."

대답이 궁해 같은 단어를 또 쓰고 말았다.

"……지친 것뿐이야."

"아, 혹시 졸린 거야?"

노조미가 묘하게 기뻐하는 목소리로 말하더니 점퍼 주머니에 손을 넣었다.

"나한테 좋은 거 있어. 졸음을 쫓아 주는 신기한 흰 알약!"

"……약물 반대."

사키가 중얼거리는 것도 아랑곳없이 노조미는 주머니에서 하늘색 플라스틱 케이스를 꺼냈다. 가볍게 흔들자 달칵달칵 소리가 났다.

"괜찮아요, 선배. 약이 아니거든요. 잠이 확 깨는 민트예요. 후미카가 알려 줘서 요새 애용하거든요. 아침에 꽤 도움이 돼요."

노조미에게는 꽤 반가운 일일 것이다. 눈앞의 노조미는 몰라도 내 쪽 노조미에 관해서는 여러 가지를 알고 있다. 가령 그녀가 아침에 약하다는 것을 안다. 그것이 정신적인 문제가 아니라 체질적 문제라면, 내가 아는 노조미와는 태양과 달만큼이나 다른 이쪽 노조미 역시 아침에 약할 것이다. '틀린 그림 찾기' 중에서 틀리지 않은 부분.

"하나 줄까?"

손을 내밀기에 나는 고개를 끄덕였다. 이 노조미가, 내가 아니라 사키의 환심을 사고 싶어서 내게 친절하게 구는 것임을 알면서도 기쁘게 손을 내밀었다.

그러나 노조미의 손은 가로막혔다.

나와 노조미 사이에 후미카가 슥 끼어들었다. 같은 하늘색

케이스를 들고. 너무나도 자연스러운 동작이었던 터라 나는 무심코 후미카에게서 정제를 받았다.

"……정신이 맑아질 거야. 요새 이거 퍼뜨리는 중이거든."

손바닥 위에 놓인 조그만 정제와 후미카와 노조미를 차례대로 보았다. 헛발질을 한 모양새가 된 노조미는 또다시 후미카의 등을 탁 치면서 "아이참!" 하고 빨개진 얼굴로 웃었다. 공허한 기분으로 정제를 입에 넣었다. 그 순간 통증에 가까운 민트의 강렬한 자극이 혀 위에서 작렬했다. 그래, 이 정도면 잠이 달아날 만하다.

"어때? 효과 있지?"

노조미가 득의양양하게 말했다. 한편 후미카는 "선배도 어떠세요?" 하면서 사키에게 권했다. 사키는 두 손을 허리에 얹고 콧방귀를 뀌는 몸짓을 하더니 생각지도 않게 강한 어조로 말했다.

"필요 없어. 그보다 후미카, 너 나한테 볼일이 있다며? 그래서 일부러 온 거잖아."

"맞다, 그랬죠."

노조미는 튜닉 자락을 팔랑이며 사키에게 몸을 돌렸다. 사키와 노조미, 후미카가 삼각형을 그리고 나는 그곳에서 조금 떨어져 세 사람을 멍하니 바라보는 꼴이었다.

"뭔지 몰라도 후미가 선배를 만나고 싶다더라고요. 선배는 내 거니까 안 된다고 했는데 말이에요."

"난 네 거 아닌데……. 그래서 무슨 볼일?"

기분 탓인지 사키는 후미카를 가시 돋친 태도로 대하는 것 같다. 그러나 후미카는 별반 신경 쓰는 기색도 없이 여전히 차분한 어조로 사키에게 물었다.

"선배, 다리 이제 아무렇지도 않으신 거예요?"

사키는 눈에 띄게 움찔했다.

"그거 재작년 이야기잖아."

"그렇지만 저번에 만났을 때 아직 목발을 짚고 계셔서……."

십중팔구 은행나무 때문에 사키가 교통사고를 당했다는 그 일 이야기일 것이다. 사키는 아까 그 사고로 다리가 부러졌다고 했다.

사키는 자리에서 몸을 굽혔다 펴고 가볍게 제자리 뛰기를 했다.

"그때 문병 와 줘서 고마워. 덕분에 이제 다 나았어. 일상 생활은 물론 달릴 수도 있고 점프도 할 수 있고, 후유증은커녕 불편한 느낌도 하나 없어. 깨끗이 다 나았으니까 걱정 안 해도 돼."

사키는 그렇게 말하며 후미카에게 웃어 보였다.

사키의 동작을 유심히 지켜보던 후미카도 미소로 답했다.

"……그런가요. 다행이네요."

"물어보고 싶은 게 그거였어?"

"네, 마음에 걸렸거든요."

"그래. 고마워."

사키는 그것으로 이 이야기는 끝이라는 양 주위를 한 바퀴 둘러보았다. 아직 해가 지려면 멀었지만 어쩐지 날이 추워진 듯했다. 조금 전까지 다른 벤치에 앉아 있던 아저씨는 이미 다른 데로 가 버렸다.

"그럼 우리는 찾을 게 있어서 이만."

사키는 그렇게 딱 잘라 말하더니 바로 돌아서서 검지를 쳐 들어 내게 일어서라고 신호를 보냈다.

"오래 기다렸지? 그럼 시작해 볼까."

후미카와 노조미는 아쉬움이 남는 듯 얼마 동안 그 자리에 우두커니 서 있었지만, 이윽고 누가 먼저랄 것 없이 자스코 쪽으로 돌아갔다.

나는, 제삼자인 나는, 그 뒷모습을 멍하니 바라만 볼 뿐 말도 걸지 못했다. 안 좋은 장면을 목격하고 주춤하는 사이에 모든 게 끝나 버린 듯한, 너무나도 한심한 '재회'였다.

\6\

자전거를 가게에 반납할 즈음에는 날이 완전히 저물어 있었다. 어제는 토요일 저녁이라 붐볐던 고린보도 일요일이다 보니 그 정도는 아니었다.

평범한 광장으로만 보였던 강변 공원은 역시 평범한 광장일 뿐이었다. 과거에 스와 노조미가 앉았고 어제 내가 누워 있던 벤치는 평범한 나무 벤치였다. 스와 노조미와 유키 후미카가 떠나고 나서 십 분도 되기 전에, 사키에게 남은 할 수 있는 일이라곤 아사노가와 강을 바라보는 것과 아스팔트 위의 담배꽁초를 걷어차는 것 정도였다.

……나는 도무지 쓸모가 없었다.

얼이 빠진 나를 보고 사키는 어처구니가 없는 것 같았지만, 자전거 대여점에서 헤어질 때 처음으로 걱정하는 듯한 말을 했다.

"너…… 무슨 일 있어? 원래부터 무해무독하다고 생각하긴 했지만, 오늘은 중간부터 좀비나 다름없는데."

나는 고개를 흔들었다. 입을 여는 것조차 힘겨웠다.

"오늘 밤은 아버지 어머니가 돌아와. 집에 단둘이 있는 건 싫었지만, 오늘 하룻밤쯤은 숨겨 줄 수 있어. 오빠가 전에 쓰던 방이라도 상관없다면 말이야."

"아니…… 됐어."

"어제도 만화방에 있었잖아. 누울 자리도 없겠다, 그야 지칠 만도 해. 아무리 겨울이라지만 목욕도 하고 싶을 거 아냐?"

목욕도 하고 싶었고, 눕고도 싶었다. 하지만 지금은 그보다 혼자 있고 싶었다.

"말은 고맙지만, 미안."

"사과할 일은 아닌데…… 하고 싶은 말이 있으면 말해 보지? 너한텐 달리……."

사키는 하려던 말을 삼켰다. 그러나 무슨 말을 하려는 것인지 충분히 알 수 있었다. 나는 이 세계에 아는 사람이 아무도 없다. 내가 알아도 상대방은 나를 모른다. 무슨 이야기를 하려면 사키에게 하는 수밖에 없다.

하기야 나는 원래 친구가 거의 없었다. 초등학교에서 중학교로 올라와 남자도 여자도 애벌레가 부화하듯 새로운 자신이 되어 가던 시기에 나는 땅만 보고 살았다. 예전 친구들은 떠나고 새 친구들은 생기지 않았다. 그래도 지금 이 세계에 나를 아는 사람이 아무도 없다는 것이 조금은 괴롭다.

말하고 싶지 않은 것을 짐작했는지 사키는 쇼트커트 머리를 가볍게 쓸어 올리더니 조그맣게 한숨을 쉬었다.

"……알았어. 감기 조심하고. 내일 도진보에 갈 거지?"

알 수 없었다. 도진보에 가면 돌아갈 수 있을 것인가. ……그 이전에 내가 돌아가고 싶은지조차. 사실은 아무것도 하기 싫은지 모른다. 하지만 약해진 몸과 고래고래 소리 지르고 싶은 감정을 끌어안은 채 하루 종일 아무것도 않고 가만있을 수는 없을 것 같았다.

"그럴까 해."

사키는 살짝 고개를 끄덕이고 몸을 돌렸다. 그러더니 왜인지 고린보 아케이드 상가의 한 곳을 날카로운 시선으로 노려보고는 아무 말도 않고 가 버렸다.

지갑을 열어 보았다. ……상당히 곤란하다. 오늘 밤을 지낼 만화방 값, 내일 차푯값……. 그렇게 해서 원래 세계로 돌아가지 못하면 아르바이트도 생각해야 할 것이다.

집의 분위기 관계상 밤거리를 돌아다닌 적이 적지 않지만, 대개는 변두리 공원 같은 곳을 서성이곤 했다. 고린보처럼 번화가에서 밤을 보낸 것은 어제가 처음이었다. 하지만 나는 어지간한 일은 금방 받아들일 수 있는 사람이라 이틀째가 되니 조금 다녀 볼 여유가 생겼다.

빛이 흘러넘치는 고린보를 통과해, 벌써부터 취객이 눈에 띄는 가타 정도 지나서, 사이가와 강에 걸려 있는 위압적인 철교 어귀에 이르렀다. 번화가에서 그렇게 멀리 떨어진 것도 아닌데 여기까지 오니 거리가 어둑어둑하고 고요하다. 나는 사이가와 강을 따라 걷기로 했다. 허리 높이까지 오는 제방과 띄엄띄엄 주점의 포렴이 내걸린 집들 사이의 좁은 길을.

낮에 자전거를 타고 강변을 따라 달렸던 아사노가와 강과 마찬가지로 사이가와 강에도 바람이 불었다. 상류에서 불어오는 바람에 윈드브레이커 앞자락이 펄럭였다. 해가 진 지금 바람이 살을 에는 듯했지만, 그 덕분에 도리어 마음이 진정되었다.

스와 노조미…… 살아 있었을 줄이야.

강변 공원에서 그 사실에 느닷없이 부닥친 나는 충격 이외의 반응을 하지 못했다. 홀로 남은 지금 비로소 감정이 치밀었다. 바람이 싸늘하게 식혀 주는 덕에 가까스로 이성을 유지할 수 있었다.

한 번이라도 좋으니 살아 움직이는 그녀를 다시 만나고 싶다. 그 쉰 목소리를 한 번 더 듣고 싶다. 노조미가 죽은 뒤로 얼마나 그렇게 바랐던가. 몸을 불사르던 거센 감정이 겨우 체념으로 변해 애도의 꽃을 바칠 수 있게 된 지금에 와서 바람이 이루어지다니.

그런데 그 노조미는 내가 아는 노조미가 아니었다.

그녀는 성장해 있었다. 내 쪽에서 노조미의 시간은 중학교 2학년에서 멎었다. 이쪽 노조미는 고등학교 1학년. 그 차이는 외모만 봐도 꽤 컸다. 복장만이 아니다. 나는 중학교 2학년이던 그녀를 소녀라고 생각했었지만, 아까 본 노조미와 비교하면 그때는 애였다고 생각할 수밖에 없다. ……그러나 그마저도 사소한 차이고, 그 이전에 존재의 질이 달랐다. 그렇게 말할 수 있었다.

캄캄한 어둠에 싸인 길 앞쪽에 부연 것이 보였다. 맥없는 발걸음으로 다가가 보니 타 넘을 수 있을 만큼 작은 시비詩碑였다. 무로우 사이세이의 시비다. 밑에서 조명을 비추어 망령 같은 그림자가 벽에 드리워져 있었다. 미美나 지知와는 거리가 먼 나는 물론 시 따위 모른다. 하지만 아무리 그래도 사이세이의 제일 유명한 시 한 구절쯤은 알고 있었다. 지금 이자리에서 떠올리기에는 너무나도 얄궂은 구절이었다.

고향은 멀리서 그리워하는 것

그리고 슬피 노래하는 것

설사 영락해 타향에서 거지가 된다 해도

돌아올 곳이 아니니

강가에 비석이 서는 유명인이 무슨 생각으로 이런 시를 남겼는지 나는 모른다. 다만 내게 '고향'이 원래 세계라면, 노조미가 없고 부모가 서로 감시하는 그곳에 나는 과연 돌아가고 싶은가. 아니면 마음까지 거지가 되더라도 이곳에 남고 싶은가.

노조미만이 아니다. 실버 액세서리 가게도, 다쓰카와 식당의 할아버지도. ······집도.

'틀린 그림 찾기'의 틀린 부분은 얼마든지 들 수 있었다.

어둠에 잠긴 사이가와 강을 보는 둥 마는 둥 하며 내가 느낀 것은 재회의 기쁨이 아니었다. 눈을 감고 제방에 몸을 기댔다.

"…여 줘…….."

아아, 춥다. 그만 가자.

몸을 돌리자 유키 후미카가 서 있었다.

"유키."

허를 찔린 탓에 꽤나 꼴사나운 모습을 보이고 말았다. 손으로 얼굴을 가볍게 쓸고 그럭저럭 웃어 보였다.

"우연이네."

그러나 후미카는 내 말에 사교적인 웃음이라기에는 지나치게 엷은 미소로 답했다.

"이런 데서 만났는데 우연은 아니지."

때는 이미 오래전에 밤이 됐고, 장소는 사이가와 강변의 어둡고 인기척 없는 오솔길. 말하나 마나 우연이 아니다. 하지만…….

"그럼?"

"미안. 뒤를 밟았어. 밤에 가타 정을 지난 건 처음이야."

후미카는 그렇게 말하며 두세 발짝 내 쪽으로 다가왔다. 검은 드럼 백을 가슴에 끌어안다시피 하고. 미행당했다는 노여움, 흉한 모습을 보였다는 수치스러움을 당혹감이 눌렀다.

"강변 공원부터 내내?"

"아니. 사가노 선배가 탄 자전거가 대여길래 가게에서 기다리고 있었어. 거기서부터."

"날 왜?"

후미카는 내가 예상했던 것보다 훨씬 가까운 거리에 이르도록 멈춰 서지 않았다. '바싹'이라 해도 될 만큼 가까이 다가서더니, 표정다운 표정이 없는 얼굴로 아무렇지도 않게 말했다.

"너한테 관심이 있어서."

드럼 백 뒤에서 손 안에 들어가는 크기의 은색 물건이 나타났다. 검은 렌즈. 디지털 카메라다. 후미카는 그것을 소중하게 어루만졌다.

"나…… 사진 찍는 걸 좋아하거든. 특히 인물 사진이 좋아."

"……그래."

처음 알았다.

아니면 이것도 이쪽 세계에서만 그런 걸까.

디지털 카메라를 바라보며 어루만지던 후미카가 시선만 조금 들었다.

"사가노 맞지? 나 꼭 네 사진을 찍고 싶은데."

"하지 마."

지금의 나는 추레해진데다 기가 꺾여 몰골이 말이 아니다. 도무지 사진으로 남기고 싶은 모습이 아니었다.

꽤나 강한 어조로 거절했다고 생각한다. 그러나 후미카는 기죽지 않고, 그렇다고 열의를 담지도 않은 채 그저 말만 되풀이했다.

"찍고 싶어."

"하지 마."

"미안. 그렇지만 이렇게 다시금 가까이서 보니까……. 한 장만."

유난스레 천천히 카메라를 들었다. 그 느린 동작에 되레 허를 찔려, 정신을 차렸을 때는 이미 플래시가 터진 뒤였다.

……사진을 찍었다.

이때 나는 화를 내도 됐다고 생각한다. 하지 말라고 했을 텐데 무슨 속셈이냐고 언성을 높여도 될 상황이었다. 값비싼 기계를 접한 경험은 별로 없지만, 그 자리에서 카메라를 빼앗아 데이터를 삭제하는 정도는 할 수 있었을 것이다.

그러나 내가 격정에 사로잡힐 뻔했던 것은 잠깐뿐이었다. 후미카가 카메라를 들었을 때와 마찬가지로 천천히 드럼 백에 넣는 것을 보며 아무래도 상관없다고 생각했다. 마음대로 해라. ……어차피 나는 이 세계 인간이 아니다.

후미카가 억지로 사진을 찍은 것은 분명 내가 화내지 않을 것을 예측했기 때문이리라. 지금까지 어딘지 모르게 꾸민 것 같던 후미카의 표정이 아마도 처음 진심으로 부드러워졌다. 만족의 빛인 걸까.

"걱정 안 해도 돼. 다른 사람한테 보여 주진 않을게."

그래 달라고 말할 기력도 없어 나는 잠자코 걸음을 뗐다. 후미카의 곁을 지나 불빛이 환한 환락가 쪽으로.

후미카가 등 뒤에서 불렀다.

"사진 또 찍고 싶은데. 연락처 가르쳐 줄래?"

어깨 너머로 돌아보았다.

"싫어. 뭣보다 집도 없어."

후미카는 웃더니 또다시 카메라를 들었다. 제대로 들지도 않고 그저 올렸다 내리기만 했다. 밤이라 플래시를 터뜨리지 않았다면 사진을 찍힌 것도 못 알아차렸을지 모른다.

"정말 최고야. ……한 번 더 만날 수 있으면 좋겠다."

그렇게 말하는 후미카의 표정은 어쩐지 황홀해 보였다.

\7\

　그날 밤, 쿠션은 푹신하지만 리클라이닝 각도가 별로 쾌적하지 못한 의자에 몸을 눕힌 나는 단순히 회상을 한 걸까, 아니면 꿈을 꾼 걸까.

　내 쪽 세계에서 스와 노조미는 내 제안을 받아들여 '아무것도 아닌 사람'이 되었다.
　반 학생들과 어울리지 못해도.
　모럴리스트와 휴머니스트의 반목이 점점 심해져도.
　가나자와 거리에 비가 계속 와도.
　노조미는 아무것도 아닌 사람이니 괴로운 것은 노조미가

아닌 다른 누군가, 그러니 노조미는 늘 아무렇지도 않은 얼굴을 하고 있었다. 도펠겡어가 그녀의 존재에 겹쳐져 있으면서 즐거운 일도 힘든 일도 전부 떠맡아 주는 셈이었다. 덕분에 노조미 자신은 늘 차분히 있을 수 있었다.

나도 뭐, 대략 그런 느낌이었다.

어느 날 밤, 노조미가 속삭이는 듯한 쉰 목소리로 말했다.

"엄마가 없어졌어."

"그래."

"안 돌아와."

"그거 안됐네."

"아빠가 아주 슬퍼해."

"그건 다행이네."

"하지만 내가 슬퍼하지 않으니까 아빠는 내가 엄마를 싫어했다고 생각해."

"그건 아니지."

"응. 싫어하지 않았어. 엄마가 없어져서 아마 굉장히 쓸쓸한 것 같아."

주위는 캄캄한 가운데 노조미만이 희끄무레했다. 그다지 추웠다는 기억은 없다. 분명 여름이었다.

"저번에 후미카가 왔다 갔잖아?"

지난 휴일, 거리에서 노조미를 발견했다. 처음 보는 여자애와 같이 있었다. 그때는 노조미와 눈만 마주친 채 헤어졌는데, 나중에 사촌이라는 것을 알았으나 이름은 듣지 못했다.

"후미카? 아, 사촌 말이야?"

"응. 힘내라고 위로해 주고 갔어."

"불쌍한 척해 줬지?"

노조미는 살짝 고개를 흔들었다.

"일부러 만나러 와 줬는데, 우는 소리 하나 못 했지 뭐야. 그래서 좀 미안해."

노조미의 입가에 미소가 떠올랐다.

"하지만 오해받는 건 무섭지 않아. 싫지도 않아. 왜일까……?"

목소리의 여운이 밤으로 빨려 들고 나니 주위는 쥐 죽은 듯 조용해졌다. 노조미의 질문은 우문이다. 그 사실은 본인도 알고 있을 것이다. 오해받은 것은 노조미의 껍데기, 도펠겡어고, 노조미 자신은 아예 해석되지 않았으니 싫을 리 없다.

나도 뭐, 대체로 그런 느낌이었다.

하지만 완전히 그런 것은 아니다. 특이점이 있다. 노조미가 "그렇지만" 하고 중얼거렸다.

"사가노한테는 오해받고 싶지 않은 것 같아."

"그건 나도 그래."

잠시 생각하듯 입을 다물었다.

"……예전에 했던 이야기인데 기억하려나? 학교 가는 길에 있는 은행나무 말이야. 왜 안 베는 거냐고 물었더니 사가노가 이유를 가르쳐 줬는데."

"그러고 보니 그런 일도 있었네."

"그때 할머니가 추억을 위해 못 베게 한다는 말을 듣고 내가 뭐라고 했는지 기억나?"

나는 시선을 피했다.

"글쎄."

노조미가 킥킥 웃었다.

"거짓말 참 못하네. ……난 말이지, '죽어 버려'라고 했거든. 그랬더니 사가노는 실망한 것 같았어. 사가노가 어떻게 생각했는지 대충 짐작이 가. 하지만 난 할머니가, 많은 사람들이 이용하는 길을 좁게 했다고 죽어 버리라고 한 게 아냐."

듣고 보니 그때 나는 이미 노조미가 그런 생각을 한 게 아님을 알고 있었던 것 같다. 하지만 그럼 무슨 뜻으로 그런 말을 했는지, 그것까지는 생각나지 않았다.

뜸을 들이듯 침묵한 뒤, 노조미는 쉰 목소리로 단조롭게 말했다.

"……그 나무를 베서 길을 넓히는 대가로 시청에서 꽤 많은 돈을 주려고 했을 거야. 어쩌면 액수를 올려 몇 번씩 설득하러 찾아갔을지도 몰라.

하지만 할머니는 팔지 않았어. 할머니는 돈이 필요 없었으니까. 돈보다 추억이 더 소중했으니까. 멋진 할머니지. 멋진 인생이야. 그런 생각을 하니까 나…….

할머니를 죽여 버리고 싶었어."

나는 고개를 끄덕이고 솔직하게 말했다.

"그렇구나. 그거라면 이해가 가."

그러다 문득 흥미가 생겼다.

"지금은 어때? 역시 죽여 버리고 싶어?"

노조미는 천천히 고개를 흔들었다.

"그럴 리 있어? 이젠 할머니 같은 거 아무래도 상관없어."

그럴 테지.

노조미는 초점이 흐릿한 눈으로 먼 곳을 보았다.

"난 요새 꿈속에 있는 것 같아. 주위 사람이 전부 꿈속 세계의 주민이고 나랑은 상관없는 것 같거든. 꼭 얇은 막이 있는 것 같아. 나랑 다른 사람을 갈라놓는 얇은 막이."

놀랍게도 그것은 내가 도펠겡어라는 말에 품고 있는 이미지와 비슷했다. 아무것도 아닌 사람이 된다는 게 그런 것인지 모른다. 나는 말했다.

"스와는 그럼 아닌 게 아니라 무적인데."

"남자애들은 그런 말 좋아하더라. 그렇지만…… 그러게."

그러더니 노조미는 말장난 같기도 하고 암시 같기도 한 말을 했다.

"꿈속에 있는 날 상처 줄 수 있는 건 분명 꿈 같은 '이유'뿐일 거야."

"꿈 같은?"

노조미가 무슨 말을 하려는 것인지 알 수 있었다.

아마도 천진난만한 악의라든지 비틀린 광기 같은, 그런 명확한 실체가 없는 것.

나는 웃었다.

"꿈의 칼이네."

노조미는 비난하는 것도 같고 어이없어하는 것도 같은 눈으로 나를 보았지만, 금세 생긋 웃어 주었다.

"남자애들은 진짜 그런 말 좋아하더라."

그러나 실제로 노조미를 죽인 것은 사고였다.

인간의 마음에 대해 아무리 무적임을 자랑해도 사고라면 뭐, 어쩔 수 없다.

ボトルネック　第3장

모르는 그림자

\ 1 \

깨어나 보니 의자 쿠션에 푹 파묻혀 있었다. 신문 배달 아르바이트에 늦은 줄 알고 간이 철렁했으나 바로 상황이 떠올랐다. 만화방은 난방이 잘되어 있어 윈드브레이커의 지퍼를 올리고 잤더니 춥지는 않았지만, 역시 공기가 좋지 않아 목이 따끔따끔했다.

비좁은 1인실 부스 안에서 일어서자 관절이 삐걱거리며 비명을 질렀다. 추위와 밤이슬만 피할 수 있으면 충분하다고 만만히 생각했는데, 잠자리란 팔다리를 쭉 펼 수 있는 곳이어야 한다는 것을 이틀째에 통감했다.

신문만은 챙겨 읽었다. 두 세계의 '틀린 그림 찾기'는 계속

되는 중인데, 정재계는 역시 딱히 다르지 않다. 아니, 달라도 내가 못 알아차리는 것일 수도 있다. 나는 내 발치를 보는 게 고작이었다. 사회면도, 스포츠면도 마찬가지. 지금까지 눈길조차 주지 않았던 것의 변화를 알 수 있을 턱이 없다. 다만 경제면에서 재미있는 기사를 발견했다. 신조어를 해설하는 짤막한 칼럼. 도마 위에 오른 단어는 '보틀넥'이었다.

보틀넥

병은 좁아진 목 부분이 물의 흐름을 방해한다.

그에 빗대어 시스템 전체의 효율 개선을 저해하는 부분을 보틀넥이라 부른다.

전체의 향상을 위해서는 우선적으로 보틀넥을 제거해야 한다.

나는 웃었다. '우선적으로 제거해야 한다'라니 좋은 말이다. 물론 그곳이 문제점이라는 게 명확한 이상 그럴 수밖에 없을 것이다. 제거하는 게 최선이다.

아침밥은 사지 않았다. 이용료를 냈다. 칫솔이니 면도칼, 몸차림을 깨끗이 하는 것도 전부 돈, 돈, 돈이다. 역까지 꽤 거리가 있는데다 버스도 다녔지만 걸어서 갔다.

오늘은 월요일. 번잡한 고린보의 차도도 아직 출근 러시가 시작되기에는 일렀지만, 버스는 이미 정류장 앞뒤로 줄을 잇고 있었다. 고픈 배와 무디게 쑤시는 몸과 약간의 오한을 끌어안고 나는 아침 길을 걸었다. 수업 시작까지는 아직 시간이 있었지만 검은 교복, 세일러복, 블레이저 교복이 드문드문 눈에 띈다. 오늘은 학교 가는 날이다. 사키도, 노조미도 학교에 갈 것이다. 조금 불안했지만 조금 안도했다.

평일에 학교도 가지 않고 사복 차림으로 거리를 걷는데도 어색한 기분은 들지 않았다. 나는 어지간한 일은 받아들일 수 있고, 학교에 가지 않은 게 이번이 처음도 아니다. 무사시가쓰지의 백화점 가街는 아직 문을 열지 않았다. 오늘 아침은 웬일인지 구름이 적어, 구름 사이로 비치는 햇빛 아래 셔터가 닫힌 거리를 걸어간다.

어제 강변 공원에서는 말을 하고 싶지 않아 지쳤다고 했지만, 오늘은 실제로 아침부터 몸이 무거웠다. 머리는 아무 생각도 할 수 없었다. 당장은 목적지가 그곳밖에 없으니 도진보로 가는 것일 뿐, 하고 싶은 일도 해야 할 일도 없었다.

가나자와 역은 도시의 현관답게 말끔히 정비되어 인도까지 깨끗했다. 철들었을 무렵부터 하고 있던 역 앞 정비 공사가 바로 얼마 전에 끝나, 역은 어떤 의미로 기묘한 공간이 되어 있었다.

역 앞 광장을 드높이 뒤덮은 금속 파이프 지붕. 그리고 DNA처럼 비틀린 기둥이 떠받치는 거대한 나무 문. 십중팔구 관광객을 마중하기 위한 문이리라. 역에 내려 관광지라는 비일상에 발을 들여놓는 관광객을 맞이하는, 고개를 들고 올려다봐야 할 만큼 높다란 문. 그러나 가나자와를 떠나려는 내게 그 문은 그와는 다른, 어떤 기이한 인상을 주었다. 문을 지나기가 순간 망설여지기까지 했다. 어쩌면 단순히 거대한 구조물에 대한 막연한 공포 때문이었을 수도 있지만.

그렇다고 문을 우회하는 것도 너무 비겁하다는 느낌이 든다. 시치미 떼고 지나니 인상은 그저 인상일 뿐 아무렇지도 않았다.

역 앞 광장의 광고판에 '호쿠리쿠의 작은 교토에 오신 것을 환영합니다' 하고 큼직하게 쓰인 포스터가 줄줄이 붙어 있었다. 뛰어나다고 평가받는 것을 그에 못 미치는 규모로 모방하는 게 그렇게 자랑스러운 일인가.

역 안으로 들어가 매표소로 가니 승차권 자동판매기 앞에 누가 기세등등하게 버티고 서 있었다. 나는 움찔해서 멈춰 섰다.

"역시 첫차구나. 서둘러 나오길 잘했네."

검은 터틀넥 스웨터에 베이지색 재킷, 흰 비즈로 장식된 청바지. 어제의 화사한 차림에 비해 훨씬 실용적인 복장으로 나타난 사가노 사키가 그곳에 있었다.

"어떻게⋯⋯."

나도 모르게 중얼거리자 사키는 뻔뻔한 웃음을 지었다.

"너, 돈 없는 것 같았거든. 만화방에서 잔다고 했는데, 그런 곳은 시간제잖아? 그럼 밤늦게 들어갔다 아침 일찍 나올 거다 생각한 거야."

역시 상황 판단 능력이 뛰어나다. 정확히 맞혔다. 그러나 내가 알고 싶은 것은 사키가 '서둘러' 나온 이유가 아니었다.

"그게 아니라, 왜 왔느냐는 뜻인데."

"넌⋯⋯."

오른손 검지를 휙 들이댄다.

"아직 자신의 특이성을 잘 모르는구나. 어제도 그저께도 정신이 없어서 네 이야기를 아직 하나도 못 들었잖아. 나도 호기심은 있단 말이야. 내가 안 태어났으면 세계가⋯⋯ 그건 좀 거창한가, 음, 가나자와가 어떻게 됐을지."

그렇군. 나는 자연히 눈을 내리깔았다.

"⋯⋯별로 할 이야기 없어. 집에 관해선 벌써 말했고."

"그럴지도 모르지만. 물어보고 싶은 것도 있고."

사키는 그렇게 말하며 쥐고 있던 왼손을 내 앞에서 천천

히 폈다. 차표 두 장. 가나자와에서 아와라 온천까지 가는
차표다.

"도진보까지 나도 같이 갈 거야. 차표는 내가 쏠게."

나야 매우 고맙지만…….

"학교는?"

사키는 어깨를 으쓱했다.

"뭐, 하루쯤 결석한다고 죽진 않아."

"별난 취향이라고 생각하긴 했지만 이쯤 되면 철저하군.
어처구니가 없다."

나는 사키가 내민 차표를 받아 들며 중얼거렸다. 사키는
웃기만 할 뿐 대답은 하지 않고 돌아서더니 개표구를 향해 걸
어갔다.

사키가 플랫폼으로 서둘러 간 이유를 알았다. 시간표를 보
고 행동한 것은 아니었지만, 우리가 탈 열차가 오 분 뒤 출발
하는 절묘한 타이밍이었던 것이다. 사키는 망설이지 않고 매
점으로 향했다.

"너 아침 먹었어?"

"……아니."

"평소엔 먹어?"

고개를 흔들었다.

"그래. 그럼 괜찮겠지."

사키는 중얼거리더니 매점에 진열된 상품을 대충 훑어보고 서슴없이 손을 뻗어 주섬주섬 담기 시작했다. 돈을 낼 사람이 사키라는 것을 알면서도 나도 모르게 말했다.

"아, 난 아무것도……."

그러나 사키는 상대하지 않았다.

"됐으니까 나한테 맡겨. 기차 여행이라면 이거랑 이거…… 그리고 이것도 빠뜨릴 수 없지."

말이 여행이지, 가나자와에서 아와라 온천까지 보통 열차로도 한 시간 남짓이다. 그렇게 거창한 게 아니다. 계산을 마친 뒤 흰 비닐봉지를 들고 돌아선 사키가 내 얼굴을 보더니 고개를 갸웃했다.

"아."

"……왜?"

"아니, 네가 뭐가 어쨌다는 게 아니라…… 나 막내거든."

"알아."

"방금 나, 잠깐 누나 같지 않았어?"

무슨 소리를 하나 했더니. 나는 될 대로 되라는 듯 말했다.

"누나 같은지 아닌지는 모르겠지만, 댁이 오지랖이 넓다는 건 토요일부터 알고 있었어."

사키는 고개를 반대쪽으로 갸웃했다.

"그런가? ……네가 일찌감치 파악했다는 건 내가 어지간 하다는 걸까?"

그러더니 묘하게 웃으며 말했다.

"남은 보다 보면 알 수 있는데 말이지."

남을 보고 있을 수 있다니 대단하다.

열차가 곧 출발함을 알리는 안내 방송이 나왔다.

상행선 보통 열차 후쿠이행, 7시 50분발. 사키는 특급 요금까지 내주지는 않았다. 우리가 올라타고 얼마 있자 열차는 무거운 동작으로 가나자와 역을 출발했다.

우리가 탄 차량에는 의외로 승객이 많았다. 마주 보고 앉는 4인용 좌석에 대부분 이미 한두 명씩 앉아 있었다. 대충 훑어보니 남녀노소 모두 있고, 나나 사키처럼 고등학생으로 보이는 애들도 몇 명 있었다. 기묘하게도 승객들 모두 조용히 입을 다물고 있어, 차내에 들리는 소리라곤 열차가 선로의 이음매를 밟는 소리뿐이었다. 우리도 4인용 좌석을 둘이 차지했다. 차 안의 기이한 침묵도 아랑곳하지 않고 사키가 명랑하게 말했다.

"그럼 일단."

창턱에 사키가 펼쳐 놓은 것은 육포, 말린 오징어, 그리고 막대 과자였다.

"사양 말고 먹어."

그러면서 벌써 막대 과자 하나를 꺼내고 있다. 어지간히 좋아하나 보다. 나는 "그럼" 하고는 육포를 먹기로 했다. 고기의 맛, 딱딱하게 씹히는 느낌, 강한 짠맛. 어째 하나같이 오랜만인 것처럼 느껴졌다.

"우선……"

사키가 그렇게 말하며 물은 것은 동네 개가 어떻고, 사키의 친구가 어떻고, 어느 밭에 울타리가 있나 없나, 그런 아무래도 상관없는 일뿐이었다. 무슨 질문을 하려고 그러는지 내심 경계했던 나는 맥이 빠져 대답했다. 질문하는 사키 본인도 그리 열의를 보이는 것 같지 않았다.

열차는 순식간에 니시가나자와 역을 지났다.

가나자와와 이웃한 노노이치에 접어들었다. 그러고 보니 후미카는 이곳으로 돌아갔을 텐데, 사키도 아니고 설마 역에서 기다리고 있지는 않겠지. 열차가 정차하자, 양복을 품위 있게 입은 노인과 그림자처럼 노인을 뒤따르는 노부인이 내렸다. 타는 사람은 없었다.

차 안에서 말하는 사람은 역시 사키와 나 둘뿐.

"……그리고 또, 맞다. 중학교 때 신카와! 내 학교생활 십일 년 중 두 번째로 이거 인간말짜의 부류에 들어가지 않을까 싶었던 선생인데, 넌 어땠어?"

"신카와라."

교사의 좋고 나쁨은 잔혹하리만큼 학교생활을 좌우한다. 나도 그 사실을 모르는 것은 아니었다. 그러나 나는 그 방면으로는 꽤 운이 좋았다. 중학교 이후로 내 담임은 죄 내 변변치 못한 눈에도 명백히 컨베이어 벨트 작업원 같은 교사뿐이었다. 도움은 되지 않았지만 괴롭게 하지도 않았다.

그것으로 충분했다.

"소문은 들었지만 수업을 들은 적이 없어서……."

"우, 그래? 내 싸움이 그 인간의 근성에 얼마만큼 영향을 줬는지 알고 싶었는데……."

소문으로는 신카와의 마음에 들지 않는다고 정강이뼈가 부러진 학생이 있다고 했다. 사고로 처리됐다고 했지만. 그런 여자에게 대들었다면 사키는 어디가 좀 이상한 게 틀림없다.

그러나 아무리 나라도 이쯤 되니 짐작이 갔다. 이것은 전부 서론이고, 사키가 정말 묻고 싶은 것은 따로 있다.

맛토 역을 출발할 즈음, 사키가 먼저 어조를 바꿔 이렇게 말했다.

"서론은 이쯤 해 둘까."

목소리 톤이 무거워졌다.

"내가 물어보고 싶은 건 너랑 노조미의 관계야."

끄트머리만 깨물어 먹은 막대 과자를 손가락 사이에 끼고 까닥거린다. 그 불규칙한 움직임이 묘하게 눈에 거슬리는 게 내 석연치 않은 기분을 부채질하는 듯했다.

나와 노조미의 관계는 아무도 몰랐다. 아니, 정확히 말하자면 유키 후미카만 알았다. 후미카조차 우리 관계를 말로 물어본 적은 없었다. 나는 아무에게도 말할 마음이 없었다. 세계가 달라져도 그 마음은 달라지지 않았다.

"댁하곤 상관없는 일 같은데."

냉정하게 떼치듯 그렇게 대답했다. 그러나 사키는 전에 없이 진지했다. 순순히 물러날 마음은 없는 듯했다.

"그럴지도 모르지. 하지만 그냥 둘 수 없는 문제가 생각나서."

"어떤 거?"

"어제 강변 공원에서부터 네가 내내 이상했다는 거."

사키는 자조적인 웃음을 지었다.

"나도 너무 둔했어. 너더러 상상력 없다고 뭐라 할 게 아냐. 어제 넌 노조미를 보고 나서부터 이상해졌지. 그건 그때도 알아차렸어. 하지만 그걸 어떻게 해석해야 할지 그때는 잘 모르겠더라고.

그래서 어젯밤, 네 모습을 떠올리면서 가장 적합한 묘사를 찾아봤어. '놀랐다'라든지 '충격 받았다'든지. 그러다 최종적으로 이거다 싶었던 표현이 뭔지, 한번 상상해 보지?"

그때 내가 받은 충격을 다른 사람이 형용할 수 있을 리 없다.

그렇기에 내가 대답하지 않을 것을 알아차리고 사키가 이렇게 말했을 때, 솔직히 소름이 돋았다.

"그건 말이지, '흡사 유령을 본 얼굴'이었어."

내 반응을 보고 사키의 표정이 한층 어두워졌다.

"……정답인가 보네."

"……."

"노조미를 보고 충격을 받았다는 건, 결혼 기념 접시랑 같은 이야기가 아닐까 생각했던 건데……. 이거야 원, 정말 그렇구나."

사키는 힘없이 웃으며 쇼트커트 머리를 가볍게 긁적였다.

차창 밖으로 흘러가는 것은 황량한 겨울 풍경. 수확을 마치고 눈으로 뒤덮이기를 기다리는 농지다. 열차는 느린 속도로 이동해, 덜컹덜컹 소리도 느릿느릿 늘어진다. 발치로 온기가 흘러갔다. 십이월인데도 뺨을 타고 땀이 흘러내리는 게 느껴졌다.

하여간 내 누나는 얕볼 수 없는 사람이다.

나는 야트막히 한숨을 쉬었다.

"댁은 정말 놀라워. 그래, 맞아. 노조미는 죽었어."

노려볼 정신력도 없어 고개를 수그렸다.

"하지만 그건 '내 쪽' 스와 노조미 이야기지, '댁의 쪽' 노조미가 아니야. ……역시 댁하곤 상관없는 일이야."

사키는 불만스러운 기색을 감추려 하지 않았다. 열차 안을 메운 고요를 깨뜨리는 높다란 목소리로 소리 질렀다.

"관계가 왜 없어! 노조미 일이잖아. 너랑 노조미가 어떤 관계였는지 몰라도, 나랑 노조미는 분명히 관계가 있다고."

"어제도 물었는데, 무슨 관계인데?"

사키는 흥분한 채 뭐라 말하려다가 흠칫 입을 다물었다. 내 표정을 살피며 이렇게 말했다.

"……좋은 선후배."

"뻐길 만한 게 아닌데."

열차는 미카와에 정차했다. 도착을 알리는 안내 방송에 둘 다 입을 다물었다. 또 몇 명이 내렸다. 제각각, 여전히 말없이. 열린 문으로 불어드는 찬 바람은 여느 때처럼 내게 냉정을 되찾아 주었다.

문이 닫히고 열차가 출발했다. 나는 입을 열었다.

"노조미에 관해선 별로 이야기하고 싶지 않아. 가능하면 묻지 말아 주면 좋겠어. 아니면 댁한테 물어볼 권리가 있다고 주장하는 건가?"

"흠. 부정적인 방향으로는 제법 강단이 있구나."

사키는 내뱉듯 그렇게 말하더니 말을 고르듯 잠시 생각에 잠겼다.

"……그러게, 꼭 알고 싶어. 난 그걸 알아야 해. 하지만 그 이유를 설명하는 건 좀만 기다려 주면 좋겠어. 네가 노조미에 관해 어디까지 아는지에 따라 다르거든."

내가 노조미에 관해?

노조미는 이렇게 말했다. 나에 관해 아는 사람은 사가노뿐이야. 난 나한테 관심이 없으니까.

나는 그렇다고 믿고 있다.

"알아, 이것저것."

"노조미가 가나자와로 온 이유도?"

"그래."

사키의 표정이 심각해졌다. 그 이유는 나도 알 수 있었다. 노조미의 사정은 그리 여기저기 퍼뜨리고 다닐 게 못 된다. 하물며 노조미가 없는 자리에서는.

해결책은 물론 사키가 제시했다. 별로 내키지 않는 표정으로 막대 과자를 내게 들이대며 말했다.

"하나씩 번갈아 말하자. 너 한 번, 나 한 번, 노조미에 관해. 모르는 게 나오면 거기서 중지. 나도 필요 이상으로 걔에 관해 이야기하고 싶지 않거든."

나는 잠시 생각하는 척했다가 제안을 받아들였다. 최선의 방법 같지는 않았지만 나는 분명 그 이상의 방법을 생각해 내지 못할 것이다.

난방으로 덥혀진 공기에 팽팽한 긴장감이 감도는 듯했다. 사키는 단순히 호기심 때문에 이런 일을 하는 게 아니다. 나도 그 정도는 짐작이 갔다. 사키는 살짝 입술을 핥더니 침착한 목소리로 말했다.

"그럼 나부터 시작할게. ……노조미는 요코하마에서 이사 왔어."

우선은 간을 보듯 당연한 정보부터 시작했다.

"내가 중학교 1학년 때. 즉, 삼 년 전."

"좀처럼 다른 애들하고 어울리지 못했어."

"노조미는 가나자와를 싫어했어."

사키는 살짝 고개를 끄덕였다.

"비가 많이 온다고."

……시작한 지 얼마 안 돼서 벌써 말문이 막혔다.

비가 많이 와서 가나자와가 싫다. 노조미는 분명히 그렇게 말했다. 사키가 먼저 그런 제안을 할 만하다. 정말 노조미에 관해 아는 모양이다. 하기야 이 이야기는 노조미에게 딱히 비밀이 아니었을 테지만.

사키가 그 정도는 안다면 할 수 있는 이야기가 좀 더 있다. 그래도 다소 가책이 느껴지는지 나도 모르게 목소리가 작아졌다.

"노조미가…… 노조미네 가족이 가나자와로 온 건 요코하마에 있을 수 없어졌기 때문에."

같은 가책을 사키도 느끼나 보다. 표정이 씁쓸했다.

"노조미네 아버지가 빚을 졌어."

"정확히는 아버지 친구가."

"파산해서 아파트를 팔고 외가 친척을 의지해 가나자와로 온 거지."

전부 노조미가 한 말 그대로였다.

거북한 침묵이 흘렀다. 사키에게서 눈을 떼자, 차창 너머로 보이는 하늘은 어느새 또다시 답답한 쥐색으로 변해 있었다. 열차의 속도가 차츰 느려졌다. 다음 역은 고마쓰, 하고 알아듣기 힘든 안내 방송이 흘러나왔다.

노조미의 아버지는 노조미 왈, '휴머니스트'였다. 자세한 사정까지는 듣지 못했거니와, 당시 중학교 1학년이던 노조미도 십중팔구 정확한 경위는 몰랐을 것이다. 그러나 정리하자면 대략 이런 이야기였던 모양이다.

노조미 아버지의 친구가 사업을 시작했다. 컴퓨터의 설정이며 문제 해결을 전문으로 하는 출장 서비스 회사였던 모양이다. 딱히 독창성이 있는 것도 아닌 사업에 노조미의 아버지는 휴머니즘을 이유로 힘을 보태 주었다. 구체적으로는 친구의 빚에 연대 보증을 섰다.

그리고 파산했다.

파산했다고 집과 재산을 모조리 처분하고 직장까지 그만두고 요코하마에서 도망칠 필요는 없지 않나. 그렇게 생각한 것은 역시 내가 당사자가 아니었기 때문이리라. 스와가도 물론 최선의 해결책을 모색한 끝에 가나자와로 이주하기로 결정했을 테니까.

그러나 환경의 변화가 좋지 않았을까. 노조미는 이렇게 말했다. '하늘이 너무 침침해서 엄마가 좀 이상해진 것 같아.'

노조미의 어머니는 '모럴리스트'였다고 한다. 노조미의 이야기를 종합하면, 요코하마 시절에는 빚을 지게 된 노조미의 아버지를 잘 지탱해 주고, 힘을 북돋워 주고, 때로는 나무라고 때로는 위로했다고 한다. 표정다운 표정이 없는 얼굴로 노조미는 "그때가 어쩌면 아빠랑 엄마가 서로한테 제일 다정했는지도"라고 돌이켰다. 그러나 파산해서 이사하자 빚을 못 갚았다는 사실에 못 견디게 스트레스를 받았다는 게 노조미의 해석이었다. 스트레스는 급기야 '휴머니스트'인 탓에 질 필요 없었던 빚을 진 노조미의 아버지를 향했다.

그다음은, 뭐, 나도 비슷한 체험을 했으니 듣지 않아도 알 수 있었다. 노조미는 늘 금욕적이리만큼 색채가 없는 옷만 입었다. 스와가는 딸에게 예쁘장한 옷을 사 줄 수 없었던 것이다.

……사가노가의 경우, 갈림길이 존재했는지도 모른다. 사키가 재치를 발휘해 화낸 덕분에 이쪽 사가노가는 명맥을 유지하고 있다. 내 쪽에서는 아쉽게도 그렇게 되지 않았다. 그런 갈림길이 존재했는지도 모른다.

그러나 스와가의 경우는, 사가노가의 둘째 아이가 료건 사키건 어떻게 될 리 없었다. 사태의 근본에 있었던 것은 수천만 엔 단위의 돈이다.

다른 집 자식이 어떻게 할 수 있는 일이 아니다.

어느새 정차했던 열차가 또다시 출발했다. 이번에는 내가 말할 차례다. 그러나 거기까지 알고 있다면 사키는 당연히 노조미의 집이 어떤 상황이었는지도 알 것이다. 생각해 보면 이성보다 동성에게 더 편히 할 수 있는 이야기다. 그렇다면 내가 할 수 있는 이야기는 이제 별로 없다.

이런 사정을 안고 있던 노조미는 과연 무엇을 바랐나.

그날, 강변 공원에서 노조미는 그것을 말했다.

"그래서 노조미는……."

내 목소리는 아마 작고 불분명해서, 아무리 차 안이 조용하고 선로를 밟는 소리밖에 안 나도 사키에게 잘 들리지 않았을 것이다.

"휴머니스트도, 모럴리스트도 되고 싶지 않았어."

사키의 손에서 뭐가 뚝 떨어졌다.

먹던 막대 과자가 리놀륨 바닥을 굴러갔다. 사키는 즉각 허둥댔다.

"아, 이런, 아까워라!"

과자를 줍더니 마치 제비 점을 치는 막대처럼 눈앞에 들고는 "……삼 초 룰?" 하고 중얼거렸으나, 결국 고개를 내젓고 창가로 치웠다.

그러더니 다시금 나와 눈을 맞추었다. 사키는 어쩐지 표정이 사라진 것처럼 보였다. 이윽고 재미없다는 듯 말했다.

"그래서 노조미는 뭐가 될까 생각하고 있었어. 그거지?"

예상할 만도 했는데. 어째서 사키가 노조미에 관해 나 못지않게 알고 있는가. 그 이전에 어째서 이쪽 노조미는 사키를 따르는가. 그러나 그리 뛰어나다 할 수 없는 내 통찰력은 사키의 말을 예상하지 못했다. 나는 또다시 할 말을 잃었다.

노조미는 무엇이 될까 생각하고 있었다. 그래, 그것도 맞다. 그날 노조미가 한 말을, 아마도 내가 처음 노조미에게 사랑을 느낀 날 한 말을, 사키도 알고 있었다.

나는 깨달았다. 이쪽 노조미가 그렇게 '달라진' 이유를.

……그래, 그런 이야기냐.

너무한다. 이건 너무하다.

이 이상 게임을 계속할 필요는 없다. 나는 사키를 똑바로 보며 말했다.

"댁도 강변 공원에서 노조미를 만났군."

열차는 가가 온천 역으로 미끄러지듯 들어섰다. 브레이크 소리에 이어 문이 열리자 또 몇 사람이 내렸다. 장년 남자, 세일러복을 입은 여자, 어린애. 여전히 입을 다문 채 열차에서 내렸다. 하늘은 더욱 어두워졌다.

사키가 문득 웃었다. 침묵이 깨졌다.

"이거야 원, 놀랐네. 솔직히 졌어. 네가 만약 사치원스러운 이야기를 늘어놓는 사기꾼이라면 상당히 준비가 철저한걸. 휴머니스트와 모럴리스트라. 설마 그 말이 나올 줄은 몰랐어."

새로 꺼낸 막대 과자로 자신의 관자놀이를 두세 번 톡톡 치고는 끄트머리를 아작 깨물었다. 나는 육포며 오징어에 손을 댈 마음은 도무지 나지 않았다.

사키는 문득 차창 쪽으로 시선을 던졌다.

"……그렇단 말이지. 그날, 어머니 대신 얼굴을 내민 거였는데……. 어머니는 반상회가 있었던가. 그런 사정은 양쪽이 같구나."

노조미가 강변 공원의 흰 벤치에 혼자 앉아 있던 날, 어머니의 먼 친척인 개그맨이 자스코에서 공연을 한다 해서 내가 동원되었다. 내가 없는 세계에서는 사키가 동원되었다. 조금도 이상할 것 없는 이야기다.

"그 연예인, 이름이 뭐랬더라."

"정말 재미없었지!"

내가 중얼거리자, 사키는 별안간 몸을 내밀고 만감을 담아 신음하듯 말했다. 전적으로 동감이다. 어느 대목에서 웃으라는 말이냐고 본인에게 따지고 싶었던 그 공연이 삼 년의 세월과 작은 차원 이동을 거쳐 화제에 오른 것에 나는 웃었다. 억지웃음처럼 굳은 웃음이었지만, 지금의 내가 웃을 수 있는 일이라곤 그나마 그 정도였다.

그날 나는 내가 노조미를 구했다고 생각했다. 나만이 할 수 있는 일이었다고 생각하고 있었다. 아니었던 모양이다.

내가 없었다면 다른 사람이 했을 것이다. 그런 이야기였나.

굳은 웃음이 서서히 사라졌다.

"그날이……."

입이 말랐다. 조금 주저하다가 다시 말했다.

"그날이 노조미의 갈림길이었군. 내가 아니라 댁이 있었기 때문에 이쪽 노조미는 그런 성격이 된 거야."

"그런?"

"태평한."

사키는 쓴웃음을 짓는 듯했다.

"응, 뭐."

열차에서 또 사람이 내리고, 아무도 타지 않았다. 가나자와에서는 어느 정도 붐볐던 차내에 이제 나와 사키, 그리고 몇 명밖에 남지 않았다. 피리처럼 새된 소리를 내며 문이 닫혔다. 열차는 또다시 천천히 출발했다.

"그래…… 거기에 네가 있었단 말이지."

사키는 천장을 가볍게 우러르듯 하며 중얼거렸다. 잠시 생각에 잠긴 듯했다. 그것을 방해하기는 내키지 않았지만, 나는 묻지 않을 수 없는 기분이었다.

"가르쳐 줘. 노조미하고 어떻게 알게 됐지?"

"아, 응."

어쩐 멍하니 대답한다. 그러나 침을 삼킬 정도의 뜸을 들인 뒤 사키가 한 이야기는 매우 조리 있었다.

"딱히 특별한 계기가 있었던 건 아냐. 중학교 때 선거 관리 위원회에서 만나 같이 일하다가 이야기하게 된 거야. 학교에선 학년도 한 학년 차이 나겠다, 이사 왔다는 거하고 가나자와의 날씨가 싫다는 것 정도만 들었어.

그러다 심부름으로 개그맨 공연을 보러 갔던 날, 걔가 강변 공원에 있었던 거야. 꽤 추운 날이었다고 기억하는데, 벤치에 앉아 있었어."

후 하고 내쉰 숨은 사키 나름의 한숨이었을까.

"나 아니라 너였어도 같은 말을 했구나. 휴머니스트도, 모럴리스트도 되고 싶지 않다고. 그때 이야기를 들어 줬더니 그 뒤로 따르기 시작하더라.

뭐, 어리광이 너무 심하단 생각이 들 때도 있지만, 종합적으로는 귀여운 후배야. 응."

그러고는 등받이가 딱딱한 좌석에 몸을 옴짝거려 고쳐 앉
더니 단호한 어조로 물었다.

"나도 가르쳐 줘. 그날 내가 아니었다면…… 네 쪽 노조
미는 어떤 성격이었어? 네 말투로 보건대 꽤나 다른 것 같은
데."

나는 크게 고개를 끄덕였다. '꽤나' 정도가 아니다.

"그래, 달랐어. 저렇지 않았어."

하기야 단순히 비교할 수는 없지만.

"……중학교 2학년 때 죽었지만 말이지."

"그렇구나…….."

"내 쪽 노조미는…….."

말을 꺼내며 나는 자연히 시선을 내리깔았다. 기억을 되살
리는 게 고통스러운 것도 물론 있었다. 그러나 나 스스로 정
리해서 이야기하는 일에 별로 익숙지 않다는 것도, 사키를 똑
바로 보지 못하는 이유 중 하나였다고 생각한다.

"어떤 일이 일어나도 그걸 자기 일이 아닌 것처럼 받아들
일 수 있는 애였어."

생각을 거듭한 끝에 겨우 이렇게 말하면서 이야기를 풀어
나갈 실마리를 발견했다.

"그래서 별로 기뻐하거나 웃지는 않았지만, 그만큼 괴롭다

든지 힘들다는 생각도 안 할 수 있었어.

이쪽에선 어떤지 모르지만, 강변 공원에서 만나고 나서 노조미네 어머니가 집을 나갔어. 하지만 노조미는 아무렇지도 않았어.

감정 기복이 거의 없어서 어제 본 노조미와는 비슷하지도 않았어. 시키면 무슨 일이든 싫어하지 않고 했지만, 자기가 나서서 뭘 하는 일은 거의 없었고 잘 웃지도 않았어. 붙임성 없는 전학생이라고, 친구도 별로 안 생겼어."

"그건……."

"전혀 딴판이지?"

서툰 설명이지만 두 노조미가 거의 백팔십도 다르다는 게 충분히 전해졌을 터였다. 그러나 사키는 왜 그런지 입을 다물고 고개도 끄덕이지 않았다. 나는 엷은 웃음을 띠고 재차 확인했다.

"전혀 다른 거야, 두 노조미는."

그러나 사키는 고개를 갸웃했다.

"……그런가?"

"뭐?"

"네 이야기를 듣고 안 게 두 가지 있어. 음, 하나는 다르다는 거고, 또 하나는 안 다르다는 거."

사키는 자신의 허벅지 위로 손가락을 가위 모양으로 내밀었다.

"우선 노조미의 어머니 말인데, 네 쪽에선 실종된 모양이네. 이쪽에서도 분명히 노조미네 어머니는 빚 때문에 괴로워하다가 집을 나갔어.

하지만 그건 실종이 아니었어. 아버지와는 아무 의논도 안 한 모양이지만, 노조미한테는 언젠가 돌아오겠다는 말을 남기고 친정으로 돌아간 거야. 네 쪽에선 아무 말도 않고 사라진 모양이네. ……이 부분이 달라. 어때?"

나는 노조미 어머니의 행방에 관해 아무 말도 못 들었다. 그러니 명확히 말할 수는 없지만 사키의 말이 십중팔구 옳을 것이다. 나와 노조미는 여러 이야기를 했던 터라, 만약 노조미의 어머니가 어디로 갈지를 말했다면 '엄마가 없어졌어'라고 말하지는 않았을 것이다.

"그건 그럴 것 같은데."

"뭐, 사소한 일일지도 모르지만. 그리고……."

사키의 허벅지 위에서 손가락이 하나 접혔다.

"안 다른 이야기. 있지…… 노조미의 성격은 내 쪽에서나 네 쪽에서나 아마 똑같을 거야. 어쩌면 그렇게 똑같냐고 깜짝 놀랐을 정도인걸."

나도 모르게 말을 가로막았다.

"잠깐, 내가 한 말 안 들었어?…… 아, 아니."

언성을 높이려다가 어물거렸다.

"아니면 이쪽 노조미도 중학교 때는 내 쪽에 가까웠다는 건가?"

그러자 사키는 세차게 손사래를 쳤다.

"전혀. 하도 안 달라져서 걱정될 정도야. 중1 때부터 고1 이 되도록 성격이 조금도 성장을 안 했지 뭐야."

노조미를 아느냐 모르느냐 하는 이야기였던 만큼 나는 필사적으로 머리를 쥐어짰다.

"남들 앞에선 명랑하게 행동하고 댁처럼 마음을 연 상대 앞에선 음울해진다든지, 그런 패턴?"

"아니, 누구 앞에서나 그런 식이야. 미스 안하무인! 같은. 저대로 가다간 언젠가 그것 때문에 크게 혼날 거야."

내 얼굴이 찌푸려지는 것을 알 수 있었다. 앞뒤가 전혀 안 맞지 않나.

"……무슨 말을 하려는 거지? 댁은 노조미가 똑같다고 했어. 내가 이야기한 노조미하고 어제 만난 노조미가 어디가 똑같다는 거야?"

"이거 참, 어떻게 이야기해야 할지."

사키는 잠시 생각에 잠겼다. 막대 과자를 집어 끄트머리를 베어 물고는 손가락 사이에 끼워 갖고 논다. 어떻게 이야기하면 이해력 없는 남자가 알아들을 것인지 생각하는 포즈로 받아들였다. 우시노야란 작은 역에 도착했다가 거의 텅 빈 열차가 천천히 출발할 즈음이 되어, 사키는 막대 과자를 든 채 쇼트커트 머리를 쓸어 올리고 겨우 말을 꺼냈다.

"너, 어제 노조미를 보고 어떤 애라고 생각했어? 네 쪽 노조미는 잊고 어제 본 노조미만 생각해서 표현해 보지?"

어제 본 노조미……

살아 있고, 게다가 딴 사람 같았던 스와 노조미.

나는 기본적으로 다른 사람에 대해 인상이라는 것을 갖지 않는다. 가져도 그것을 말로 표현하는 일이 거의 없다. 노조미에 관해서는 그래도 생각한 바가 있었지만 말하기 껄끄러웠다. 입을 열지 않는 나를 의아하게 생각했는지, 사키가 물었다.

"왜? 뭐 말하기 거북한 거라도 생각났어?"

"생각났다기보다……."

머뭇거리며 시선을 다른 데로 돌렸다.

"말해 봤자 의미가 없을 것 같은데."

사키는 이해가 안 간다는 표정이었다. 어떻게 말하면 좋을까. 내게는 비교적 명확한 이야기지만, 대화 경험이 부족하다 보니 답답해서 나답지 않게 손짓까지 곁들이고 말았다.

"요컨대…… 겉으로 보이는 외면적인 인상이라면 말할 수 있지만, 그 노조미한테도 이면은 잔뜩 있을 거 아냐? 표면상의 성격 같은 거야 얼마든지 꾸밀 수 있지. 하지만 이면까지 보면 분명 누구든 그렇게 크게 다르지 않을걸. 노조미도, 나도."

아버지도, 어머니도, 십중팔구 사키도 피차일반, 대동소이할 것이다. 저 사람은 착하다든지, 저 사람은 성실할 것 같다든지, 마음의 거죽 한 장에 관해 말한들 의미가 없다는 생각이 들어, 나는 다른 사람에 대해 저 사람은 어떤 사람이라는 식으로 인상을 갖지 않는다.

사키는 어리둥절한 표정으로 검지로 머리를 긁적였다.

"음, 뭐랄까, 묘한 이야기네."

"그럴지도 모르지."

"허무주의적으로 들리는데."

그런 의도는 없다.

"하지만 실제로는 이상주의적이야."

그런 의도는 전혀 없다.

사키는 막대 과자를 빙글빙글 돌리며 별달리 열의 없는 표정으로, 오히려 나른하게 말했다.

"뭐, 무슨 말인지 모르진 않아. 상상도 되고. 나도 유년기의 가정 상황은 너랑 똑같았으니까. 본심과 외면이 엄청 거리가 있는데 타인의 외면만 봐 봤자 아무 의미도 없다. 그래, 심정은 이해해.

……하지만 너, 누구나 거기서 거기라고 생각하면서 노조미만은 특별하다고 생각한 거 아냐?"

"……."

대답하지 못했다.

사키는 가볍게 어깨를 으쓱했다.

"뭐, 그건 됐어. 외면은 진짜 모습이 아니다. 오케이. 좋아. 그럼 바꿔 말해 볼까.

노조미의 진짜 성격이 아니라 노조미가 표면상 어떤 애로 보였는지, 어떤 애로 보이려고 하던지 네가 본 범위에서 말해 봐. 넌 아니라고 생각할 수도 있겠지만, 그거 제법 무시할 수 없는 요인이거든."

거죽의 인상을 구태여 말하라는 말인가.

생각해 보면 이쪽에 와서 사키를 만난 이래로 하고 싶지 않은 일을 연달아 해야 했던 것 같다. 하지만 나는 그에 점차 익숙해지는 중이었다. 사키에게 뭔가 생각이 있어서 그러는 것일 테니 끝끝내 거절할 마음은 들지 않았다.

하기야 지금까지 내가 죽기 살기로 무엇을 거절한 게 몇 번이나 될까.

"알았어. 말하라면 말하지, 뭐."

적당한 말을 찾았다.

이쪽의 스와 노조미. ……어제 만난 그녀는.

"……천진난만하고, 힘든 일이라곤 아무것도 없는 것 같았어.

초면인 나한테도 눈치 보거나 하지 않고 솔직하게, 꾸밈없이 대해 줬어.

민트를 주려고 했어. 분명히 오지랖 넓은 면도 있겠지.

바보 같아 보이는 구석도 없지 않았지만, 그 노조미는 아주 즐거워 보였어……. 주위 사람들까지 즐겁게 해 주지 않을까."

사키는 만족스레 고개를 끄덕이더니 막대 과자를 내게 들이댔다.

"좋아, 그럼 다음. 네가 본 대로 말해 주면 돼. 난 어떤 애인 것 같아? 예의고 뭐고 그런 건 신경 쓰지 말고 솔직하게 말해 봐."

사키라고?

지금 문제는 노조미가 아니던가? 어째서 사키를 평가해야 한다는 건가? 의아하게 생각하면서도 질문을 받은 이상 자연히 생각이 그쪽을 향했다. 뇌리에 몇 가지 표현이 떠올라 있었다.

사가노 사키. 나와는 전혀 다른 사가노가의 둘째 아이. 천진난만하고, 약간 바보 같기는 해도, 평소에는 분명 주위 사람들까지 즐겁게 해 줄 것이다. 오지랖이 넓고, 초면인 내게도 눈치 보지 않고…….

내 안색을 읽었는지, 사키가 들이댔던 막대 과자를 내렸다.

"그래, 맞아."

거의 나를 측은히 여기는 듯한 시선이었다.

"스와 노조미는 나랑 상당히 비슷해. 뭐, 나도 완전히 똑같다고 생각하진 않아. 솔직히 내가 노조미보다 머리도 좋고, 성격도 차분하거든.

하지만 기본적으로 나랑 걔는 같아. ……그 이유는 상상할 수 있지?"

사키는 손가락 사이에 낀 막대 과자를 한 입 베어 물고 말을 이었다.

"네가 너희 세계의 스와 노조미를 이야기할 때 바로 감이 오더라. 네가 든 특징은 고스란히 너 자신의 특징이었어. 그걸 듣고 노조미는 역시 노조미구나 싶었어."

"……."

"어차피 여기까지 이야기했으니까 하는 말인데, 노조미는 현재 남의 성격을 모방하는 것뿐이야. 의존에 상당히 가까워.

그날 있었던 일을 너도 안다면 설명하기 쉽겠지. 낯선 곳에서 느닷없이 가정 사정에 혼란이 생기는 바람에 노조미는 더할 나위 없이 힘든 상태였어. 그런데 그때 내가 지나갔어. 노조미는 나한테 지침을 구했어. 답은 아마 중요하지 않았을 거야. 답해 주는 사람이 있다는 게 중요했던 거야.

그야 나도 나름대로 성심껏 노조미의 이야기를 들어 주긴 했어. 그런 우라지게 추운 곳에 주저앉아서 '누가 나 좀 살려 줘!' 하고 온몸으로 주장하는 후배를 그냥 둘 순 없었거든. 하지만 나 특별한 소리를 한 건 아니야. '휴머니스트도, 모럴리스트도 되기 싫다'고 하길래 '그럼 옵티미스트가 되지?'라고 했을 뿐. 내가 그러니까. 진짜 그냥 그것뿐이었다고.

그런데 노조미는 그 뒤 날 그렇게 따르면서 순식간에 옵티미스트가 됐어. 어제 내가 걔를 좀 막 대한 것 같지 않아? 걔는 불안정했어. 그래서 걔가 나처럼 되려고 하는 걸 막지 않았어. 하지만 이제 그만 걔도 자립해야 한다고 생각하거든.

……내가 무슨 말 하려는 건지 알 것 같아?"

알겠다.

사키는 아마 그렇게까지 말할 생각은 없을 것이다. 그러나 결국에는 이런 이야기다.

노조미를 돕는 것은 누구라도 상관없었다. 니힐리스트가 지나갔다면 노조미는 니힐리스트가 됐을 것이다. 페시미스트가 지나갔다면 페시미스트가 됐을 테고. 내 쪽 노조미가 '아무것도 아닌 사람'이었던 것은…….

나도 모르게 소리쳤다.

"말도 안 돼! 그런…… 노조미는 그런 게…….''

그에 비해 사키는 별반 자신의 말을 고집할 생각은 없는 것 같았다.

"뭐, 이건 어디까지나 내가 보는 스와 노조미관觀이니까 네가 공유해 주길 바라진 않아. 사람 보는 눈은 어쩌면 네가 더 정확할 수도 있고.''

내가 본 노조미는 진짜 스와 노조미가 아니었을 수도 있다. 그런 생각을 나는 해 보지도 못했다.

그런데 듣고 보니 바로 그럴 수 있겠다 싶었다.

사키의 판단은 노조미의 성격이 그 정도로 급속히 변화했던 이유를 그럴싸하게 설명한다. 하지만 그것은 너무나도…….

나는 누구보다도 노조미를 잘 안다고 생각했다. 노조미 자신이 그렇게 말했으니까. 노조미를 이해하는 사람은 나밖에 없다고 믿었다. 그게 전부 그저 거울상이었다고? 아무리 그래도 그건 아니다. 어떻게…….

"어떻게 그렇게 말할 수 있는 거지?"

내가 중얼거리자 사키는 난처하다는 듯 눈살을 찌푸렸다.

"어떻게……."

생각에 잠겨 허공을 노려보며 막대 과자를 까닥거린 끝에 나온 말은 이것이었다.

"음, 보면 알 수 있잖아, 란 말밖에 못 하겠는데."

열차가 마침 아와라 온천 역에 도착했다.

차량 안에는 어느새 나와 사키 둘밖에 없었다.

\2\

가나자와에서 아와라 온천까지 한 시간 남짓.

손가락을 꼽아 헤아린 것은 아니지만 그사이 통과한 역은 열 개를 거뜬히 넘을 것이다. 그러나 낡은 차량에 누가 올라타는 일은 끝내 없었다. 가나자와부터 하나둘씩 하차해, 아와라 온천 역에서 우리가 내리고 나자 아무도 없는 차량이 느릿느릿 역에서 나갔다.

수직 각도의 의자 등받이와 주고받은 대화에 지칠 대로 지쳐, 작은 역사의 개표구를 통과하는 내 발걸음은 무거웠다. 점차 어두워진 하늘은 바야흐로 짓누르는 듯한 시커먼 구름으로 뒤덮여 있었다. 밖으로 나오자마자 휙 불어닥친 바람에 몸을 부르르 떨었다.

사키도 그것은 마찬가지였던 듯, 베이지색 재킷 위로 자신의 몸을 부둥켜안더니 나를 향해 웃음을 지었다.

"잠깐 실례할게."

그러더니 급히 어디론가 가 버렸다. 여기서부터 삼십 분쯤 버스를 타고 가야 하는데, 내 쪽은 딱히 급하지 않았다. 추운 밖에서 멀거니 서서 바람을 맞을 것도 없겠다 싶어 역사로 돌아가 사키를 기다리기로 했다.

이름에 '온천'이 들어간 역답게 아와라 온천 역은 나름대로 근사했다. 개표구에는 역무원도 있고, 플랫폼도 4번까지 있다. 그러나 도진보를 비롯해 여러 관광 안내 포스터가 덕지덕지 붙은 역사에 손님인 듯한 사람은 나 말고 한 명뿐이었다. 이틀 전에도 이렇게 한적한 곳이었던가?

그 한 명은 초등학생쯤 된 어린애였다. 청바지에 야구 점퍼 차림으로, 게임기 같은 것을 손에 들고 벤치에 앉아 바닥에 닿지 않는 발을 흔들거리고 있었다. 머리는 짧게 쳤지만, 외모로 봐서는 남자애인지 여자애인지 알 수 없었다. 평일인데 학교에 안 가도 되는 걸까. 하기야 그 점에 있어서는 나도 수상해 보일 테고, 사키에 이르러서는 당당히 땡땡이치는 중이다.

어린애가 문득 고개를 들었다. 눈이 마주쳤다.

아이가 생긋 웃었다. ……그 순간, 이루 말할 수 없는 위화감이 들었다. 묘하게 분별 있는 표정이 나이에 맞지 않는 듯한, 어딘지 모르게 어울리지 않는 느낌이 들었기 때문이다.

그런 내 마음도 모르고 아이가 일어서더니 게임기 같은 것을 한 손에 든 채 다가왔다.

"안녕하세요."

그렇게 인사하는 목소리는 어린애처럼 높고 티 없는 것이었다. 나는 조금 안도하며 붙임성 있게 답했다.

"안녕."

"이런 시기에 이런 곳에 오다니 특이하네."

존댓말로 인사해 놓고 곧바로 반말로 그렇게 말하더니 아이는 나를 노골적으로 유심히 살펴보았다.

"온천에 온 거야? 아니면 도진보?"

낯을 안 가리는 애군. 그다지 밝은 기분은 아니었지만, 어린애에게 매몰차게 대할 만큼 정신 상태가 삭막한 것도 아니었다. 이럭저럭 웃음을 지으며 몸을 조금 굽혔다.

"도진보에 가려고."

"그래……."

주위를 두리번거리더니 어쩐지 불안한 표정으로 "혼자

서?" 하고 물었다.

"아니, 둘이서. 또 한 명은 화장실."

"그렇구나, 다행이다!"

이상한 애다.

"왜 다행이야?"

어린애의 감정 상태는 쉽게 변한다. 아이의 표정이 불현듯
어두워졌다.

"있지, 마가 끼거든."

"……마?"

"혼자 있으면 마가 껴. 죽은 사람이 부르는 거야. 살아 있
는 사람이 부러워서, 마가 돼서 추락시켜."

아이의 목소리는 점차 작아져 소곤거리듯 말했다. '추락'
처럼 나이에 걸맞지 않은 말도 입에서 자연스레 나왔다.

"혼자 있으면 유혹해. 둘이 가야 해."

"유혹…… 뭐가?"

"'그린아이드 몬스터'."

아이는 고개를 떨어뜨리고 입을 다물었다.

나도 무슨 말을 해야 좋을지 알 수 없었다. 이윽고 비로소
아이의 말을 되뇌듯 물었다.

"그린……?"

"'그린아이드 몬스터'. 질투의 괴물."

그러더니 아이는 떳떳치 못한 것을 공유하듯 살며시 손에
든 게임기 같은 것을 내밀었다.

"이거야."

그린아이드 몬스터

고스트형形.

질투의 괴물.

생을 질투하는 죽은 자가 변한 것.

혼자 있으면 나타나 이런저런 방법으로 산 사람의 마음에 독을 불어넣
어 죽은 자의 편으로 끌어들이려 한다.

마음의 독을 없애는 방법은 없다.

나는 웃으며 아이의 머리를 쓰다듬었다.

"알았어. 조심할게."

아이는 고개를 들고 나를 노려보듯 하며 강한 어조로 말했다.

"꼭이야."

"그래."

그때 플랫폼 쪽에서 여자 목소리가 들렸다.

"가와모리! 기차 온다!"

"아, 응!"

아이가 플랫폼을 향해 큰 소리로 대답했다. 거의 동시에 역사 밖에서 사키가 나를 불렀다.

"료, 버스 왔어!"

어이쿠, 왔나. 가와모리라 불린 아이와 나는 시선을 주고받았다.

아이가 "안녕" 하기에 나도 "안녕"이라고 답했다. 아이는 손을 흔들고는 플랫폼을 향해 달려갔다.

\3\

버스를 타고 삼십 분. 해안으로 향하는 완만한 비탈길 양옆으로 활기가 없는 기념품 상점이 늘어서 있다. 가게 앞에 점원도 나와 있지 않고 그저 조용했다. 어쨌거나 관광지니 북적이는 철도 있을 텐데, 지금은 나와 사키가 뼛속까지 스며드는 추위 속에 천천히 포석을 밟으며 걸어갈 뿐이다. 활기가 없다기보다 어딘지 모르게 폐허 같은 분위기라 심지어 세상의 끝을 걷는 기분마저 들었다.

고개를 갸웃했다. 그저께는 이런 생각을 하지 않았다. 관광 성수기는 아니라도 나름대로 활기가 있었던 것 같은데. 적어도 개미 새끼 한 마리 안 보이지는 않았다.

사키가 문득 중얼거렸다.

"오랜만이네. 건물 같은 건 별 차이가 없구나."

조금 뜻밖이었다.

"전에도 도진보에 와 본 적이 있어?"

"아, 응."

잠시 기억을 더듬는 듯하더니 "재작년이었던가? 걔들이랑 왔어"라고 했다.

"언제쯤?"

"어? 재작년이었다니까."

"그게 아니라 계절."

사키는 내게 촙을 날리는 시늉을 했다.

"상상력! 별 차이가 없다는 건 계절도 같다는 뜻이잖아. 그쯤은 짐작해야지 않겠어?"

사실은 막연히 그렇지 않을까 싶었는데 근거가 너무 약해서 말하지 않았던 것뿐이다. 그런데 딱 그 부분을 지적하는 바람에 울컥했지만, 그보다 물어볼 것이 있었다.

"혹시 재작년 십이월?"

"어? 글쎄…… 음, 바닷가에 오기엔 명백히 너무 추운 시기였지만 눈은 아직 안 왔을 때였어. 십이월이었을지도 모르지. 그건 그렇지만 오늘은 좀 분위기가 쓸쓸하네."

나는 고개를 끄덕였다.

비탈이 끝나고 완만하게 굽이도는 길 저편에서 파도 소리
가 들려왔다.

"노조미랑 왔다고 했지?"

사키는 고개를 끄덕이더니 얼핏 내 표정을 살폈다. 그러고
는 어깨를 으쓱했다.

"뭐, 이제 와서 너한테 숨길 필요는 없겠지.

노조미네 어머니, 집 나가셨잖아? 그때 노조미가 충격을
받았을까 봐 후미카가 어떤가 보러 왔거든. 하지만 노조미는
그때 이미 옵티미스트를 모방하고 있었으니까 별로 힘들어
보이지 않았어.

그때 후미카가……."

"노조미를 위로한다고 여행을 제안했지."

사키는 조그맣게 웃었다.

"세세한 데까지 똑같네. ……위로였는지 아닌지는 몰라도
아무튼 그런 느낌이었어."

"그래서 댁도 같이 갔고."

"노조미가 부탁했거든. 그리고……."

뭐라 말하려다가 입을 다물었다.

"그리고?"

뒷말을 채근해 봤지만 사키는 천천히 고개를 저었다.

"아니, 아무것도 아냐."

파도가 부서지는 소리가 점차 커졌다. 기념품 가게 너머로 겨울 바다가 얼핏 보인다. 바람이 정면에서 길을 따라 불어와 휴지 조각이 빙글빙글 춤추며 날아갔다.

그렇군. 방금 사키가 한 이야기로 이쪽 노조미가 살아 있는 이유를 대강 알았다. 이 세계의 패턴도 나름대로 이해되었다.

멍하니 있는 내게 사키가 물었다.

"넌 세 번째? 네 번째?"

이상한 소리를 한다.

"아니, 두 번째인데."

사키는 여우에 홀린 듯한 표정을 지었다.

"어? 지금이 두 번째라고? 여기 오는 게?"

뭐가 그렇게 이상하다는 걸까. 연신 고개를 갸웃거린다.

"……두 번째면 이상해?"

사키는 이제 내가 어떤 생활을 했는지 알고 있다. 그런데 내가 관광지에 여러 번 왔을 것이라 생각하는 이유를 잘 모르겠다. 사키는 노골적으로 이해가 안 된다는 표정으로 대답했다.

"그럼 넌 처음 찾은 도진보에서 그런 괴현상에 휘말렸다는 거야?"

"괴현상?"

또 촙을 날린다. 아까보다 손이 가까이까지 날아들었다.

"야, 이 바보야! 우리가 여기 왜 왔다고 생각하는 거니? 널 원래 세계로 돌려보내기 위해서잖아!"

그 이야기였나. 그래, 물론 이곳은 내가 있어선 안 될 곳이다. 나는 고개를 살짝 끄덕였다.

"그래, 처음 온 거였어."

얼마 동안 의심 어린 눈빛으로 나를 노려보던 사키는 이윽고 하늘을 올려다보더니 다소 과장된 동작으로 팔짱을 끼었다.

"아, 재미없어라. 도진보에서 가나자와에 있는 공원으로 점프한 거잖아. 그런데 넌 도진보에 온 것도 그때가 처음이고 강변 공원에도 짚이는 데가 없다고? 이 불가사의 초자연 현상에 상관관계고 법칙성이고 전혀 없다는 거야?"

그런 것은 내가 알 바 아니다. 내가 왜 여기 있는지 설명할 도리는 없지만, 사키에게 상상의 재료를 제공하기 위해서가 아닌 것은 분명하다. ……다만 사키가 잘못 생각하는 게 있는데, 내가 여기 온 것은 분명 이틀 전이 처음이었지만 상관이 없지는 않다. 사키는 조금 넌더리가 난 목소리로 물었다.

"그럼 넌 그저께 여기 뭐하러 온 건데? 그러고 보니 그걸 못 들었네."

"말 안 했던가?"

"어? 했던가? 그것도 그렇고 혼자 온 거였어? 지금쯤 너희 세계에선 도진보에 커다란 구멍이 뚫려 있고 방송국 기자가 구멍 가장자리에 서서 '가스 폭발의 비극이……' 같은 말을 하고 있을지도 몰라."

실없는 농담은 상대하지 않았다. 이제 와서 심각한 척할 마음도 없었다.

"애도하러 온 거였어."

"……뭐?"

"애도하러 왔다고."

시야가 트였다. 수평선 저 끝까지 펼쳐진 거친 바다. 이 끝에서 저 끝까지 검게, 또 낮게 구름으로 뒤덮인 하늘. 땅울림 같은 파도 소리와 더할 나위 없이 황량한 바위밭 풍경.

나는 말했다.

"난 스와 노조미의 죽음을 애도하러 온 거였어. 그 애는 재작년 십이월, 유키 후미카하고 여기로 여행 왔다가 절벽에서 떨어져 죽었어."

이 년이라는 세월이 흐르는 동안, 나는 내가 노조미의 죽음에 익숙해져 가는 것을 자각했다. 차차 잊었다고 해도 될지 모른다. 원래부터 어쩔 수 없는 일은 어쩔 수 없다고 받아들이는 게 장기다.

그러나 지금 이렇게 노조미의 이름과 죽음이라는 단어를 이어서 말하고도 괴롭지 않은 것은 뜻밖이었다. 당연한 일이지만 머릿속으로 생각만 하는 것과 실제 말로 하는 것은 전혀 다르다. 전에는 노조미의 이름 형태로 입을 움직이는 것조차 할 수 없었는데.

한편, 사키는 왜 그런지 망연자실한 듯했다.

"노조미가 여기서 죽었다고…… 여기서…….

초점이 맞지 않는 눈으로 그렇게 두 번, 세 번 중얼거렸다.

지난 사흘 동안 나는 여러 번 심한 충격을 받았다. 내가 모르는 세계에 나도 모르게 발을 들여놓았으니 당연한 귀결일 것이다. 하지만 사키는 뭘 그렇게 놀라는 걸까. 내 쪽 노조미가 죽었다는 것은 이미 알고 있었을 텐데.

말을 걸면 안 될 것처럼 보여 잠자코 걸었다.

바위의 형태나 파도 색깔을 구경한들 소용없다. 절경을 보러 온 게 아니다. 내 발걸음은 산책로로 향했다. 그저께 그랬던 것처럼. 소나무 숲으로 들어서도 바다를 건너오는 바람의 세기는 조금도 달라지지 않았다. 사키는 말없이 따라왔다.

그저께와 마찬가지로 탁 트인 장소로 나왔다.

절벽 가장자리에 추락 사고 방지용 울타리. 말은 그럴싸하지만 실제로는 키 작은 말뚝을 굵은 사슬로 이어 놨을 뿐이다. ……내 쪽에서 본 것과 거의 흡사했다.

다만 사슬이 전부 새것이라는 점만은 사키와 내 쪽이 명확히 달랐다. 한 곳만 새것이 아니었다. 이쪽에서는 추락 사고가 없었다. 그렇기에 사슬이 골고루 낡아 최근 한꺼번에 교체했을 것이다.

나는 사슬 바로 앞까지 가서 그저께 그랬던 것처럼 벼랑 밑을 내려다보았다. 파도가 힘차게 부서지고 있었지만 내 쪽과 비교할 때 별반 다른 부분은 없었다. 가차 없이 불어닥치는 차가운 바람도 똑같아, 얇은 윈드브레이커 하나로는 충분하지 않은 것도 기억에 있는 그대로였다. 갑자기 불어온 한층 강한 바람에 나도 모르게 두세 발짝 뒷걸음쳤다.

사슬이 말뚝에 박힌 부분이 조금 불그스름했다. 사슬 자체는 새것 같은데 벌써 녹이 슬었나. 바다에 면한 절벽 위에 있는데다 이렇게 강한 바닷바람에 계속 노출되어 있으니 녹스는 것도 어쩔 수 없을지 모른다. 하지만 그렇다면 녹이 슬 금속을 울타리에 쓰지 말아야 하는 게 아닌가?

만약. 만약 누가 그것을 깨닫고 나일론 테이프 같은 소재를 썼다면. 그랬다면 내 쪽에서도 노조미는 죽지 않았을지 모른다.

……나도 안다. 터무니없는 이야기다. 존재하지도 않았던 인간의 발상에 의지하려 하다니 바보 같다. 게다가 이렇게 했으면 노조미는 무사하지 않았을까 하는 가정을 확인할 방법은 없다. 확인할 길이 없는 무수한 가정 중 유일하게 '이랬다면 노조미는 죽지 않았을 것이다' 하고 분명히 말할 수 있는 것은 '사가노가의 둘째 아이가 사키였다면'뿐.

별안간 사키가 결심을 다진 것처럼 물었다.

"있지, 그때 이야기 해 줄래?"

생각지도 못한 강한 말에 조금 주춤했다. 사키의 표정은 지난 사흘간 거의 어떤 상황에서나 여유가 느껴졌던 사가노 사키답지 않게 어쩐지 절박했다. 그만큼 되레 내가 냉정해질 수 있었다.

"그때 이야기?"

사키는 잠깐 어물거렸으나 곧 명확히 대답했다.

"노조미가 죽었을 때 이야기."

……풍부한 상상력을 자랑하는 사키답지 않다.

나는 사키를 똑바로 바라보았다.

"별로 떠올리고 싶지 않은데."

"응, 심정은 이해해. 이해는 하는데."

이해한다고 말하는 것을 보면 사키의 상상력은 역시 휴면 중인가 보다. 본인은 아는지 모르는지 어쩐지 말투가 빨랐다.

"꼭 알고 싶어서 그래. 네가 노조미랑 같이 안 갔다는 건 아니까 네가 아는 범위 안에서 이야기해 주면 돼."

"왜?"

당연하고도 명백한 의문을 던졌다. 그러나 사키는 시원스레 대답하지 못했다.

"……그건 지금은 좀. 듣고 나서 말할 수 있을 것 같아."

나도 모르게 말이 거칠어졌다.

"뭔 소리야? 흥미 본위로 할 이야기가 아니라고. 도대체 내가 왜 여기 왔다고 생각하는 거지? 아까 댁이 말하지 않았던가? 내가 원래 세계로 돌아가기 위해서라고. 아직 아무것도 조사하지 않았잖아.

댁의 노조미는 살아 있지만 내 노조미는 죽었어. ……이야기하고 싶지 않아."

그러나 사키는 한 발짝도 물러나려 하지 않았다. 우뚝 버티고 서서 나를 노려본다. 나는 물론 알고 있다. 결심했을 때 어느 쪽이 더 의지가 확고한지.

같이 노려보면서도 이미 알고 있었다.

"묵은 상처를 들추는 일이란 건 알지만 그래도 꼭 알아야 한단 말이야."

"그러니까 이유를 묻잖아."

"네 노조미의 사고가!"

사키는 고함치다시피 말했다.

"그냥 사고가 아니었을지도 몰라서 그래!"

……이제 와서. 이제 와서 무슨 말을.

사고가 아니라고?

그럼 자살, 그것도 아니면 타살이라는 말인가. 그런 가능성은 오래전에 사라졌다. 사키는 그 사실을 모른다. 도대체가 노조미를 죽이고 싶어 할 사람은 아무도 없다. 사고가 아니라면 자살이라는 뜻이 되는데.

하지만 그것은 절대 있을 수 없는 일이다. '아무것도 아닌 사람'은 자살하지 않는다. 상황에 몸을 내맡기기만 하는 사람이 그런 강한 감정을 품는다는 것은 있을 수 없다. 절대로 불가능하다. 노조미가 절벽에서 떨어진 것은 아무리 생각해도 단순한 사고였다. 사키의 상상력에 망상이 조금 끼어든 게 틀림없다.

사키는 방금 자신이 한 말에 놀란 것 같았지만 그렇다고 허둥대지는 않았다. 되레 침착함을 되찾았다. 그에 따라 여유 있는 분위기도 돌아왔다.

"……뭐, 들어 봐야 뭐라 말할 수 있겠지만. 아주 간단하게라도 되니까. 가령…… 그래, 어쩌다가 떨어졌나, 그런 것도 괜찮아."

노조미의 죽음을 둘러싼 상황은 떠올리고 싶지 않았다. 심지어 노조미라는 인간이 있었다는 사실 자체를 잊어버리고 싶었다. 하물며 남에게 이야기하다니…… 생각할 수 없는 일이었다.

그녀가 죽은 직후, 잠에서 깰 때마다 그곳이 차가운 말이 지배하는 내 집이라는 사실이, 이어서 그곳은 변함없는데 그저 스와 노조미만 세상에서 사라졌다는 사실이 생각났다.

슬프다든지, 쓸쓸하다든지, 자신이 불행하다든지 그런 명확한 감정은 별로 들지 않았다. 그저 어떻게 할 수 없을 만큼 몸이 안 좋았다. 하루 온종일 머리가 어질어질하고, 불현듯 구역질이 올라오고, 문득 정신이 들어 보면 아침이고 밤이고 했다. 그러면서도 학교에 매일 다녔으니 지금 생각해도 영문을 알 수 없는 하루하루였다.

그러나 지금은.

"노조미가 죽었을 때 이야기라……."

이렇게 입으로 말해 보았다.

역시 그렇구나. 조금 전과 똑같다. 별로 괴롭지 않다. 아예 아무렇지도 않은 것까지는 아니지만.

……이유는 막연히 알 듯했다. 이 년 사이에 노조미의 죽음에 익숙해졌기 때문인 것도 물론 있을 것이다. 이미 받아들였다고 한다면 그럴지도 모른다.

그러나 무엇보다도 살아 움직이는 노조미를 만났기 때문이 아닐까.

내가 아는 스와 노조미가 아니었다 해도 나는 살아서 웃는 스와 노조미와 말을 주고받았다. 그 때문에 이미 받아들였을 그녀의 죽음이 어쩐지 꿈이었던 것처럼 느껴지는 것이다.

그래, 이곳에서 그녀의 죽음은 다른 세계 이야기다.

침착함을 잃지 않을 수 있다면 구태여 뻗댈 필요가 없다. ……어차피 동화 같은 것이니.

나는 사키에게 고개를 살짝 끄덕였다.

"알았어. 나도 들은 이야기일 뿐이지만."

파도와 바람 소리가 워낙 시끄러워 이야기하기에 별로 적합한 장소는 아니었다.

내가 한 이야기는 이랬다.

어머니가 집을 나갔다고 후미카가 노조미를 위로하러 온 것은 이쪽 세계와 마찬가지다. 그때 노조미는 위로를 받아야 할 만큼 우울하지 않았다는 것도 아마 같을 것이다. 노조미가 왜 힘들어하지 않았는지 그 이유의 방향성은 정반대였지만.

"내가 하도 아무렇지도 않아 하니까 후미카는 내가 무리한다고 생각했나 봐."

그래서 후미카는 기분 전환 삼아 여행 가자고 제안했다. 토, 일 이틀 다녀오는 짧은 여행에, 목적지도 가나자와에서 가까운 도진보였다. 노조미에게는 갈 이유가 없었지만 거절할 이유도 없었다. 스와가가 빚을 졌다고는 해도, 어머니에게 버림 받은 딸을 1박 2일로 여행 보내 주는 정도는 어떻게든 가능했을 것이다.

여기까지는 노조미에게 들었다. 나머지는 장례식이 끝나고 찾아온 후미카에게 들었다.

두 사람은 토요일 저녁에 숙소에 체크인했다. 식사는 없이 잠만 잔 모양이다. 중학생끼리 투숙하는 게 가능했던 것은, 후미카의 부탁으로 노조미의 아버지가 사전에 연락했기 때문이라고 했다. 날이 어두워졌기에 도진보 관광은 일요일에 하기로 했다. 토요일 밤은 둘이 이야기하면서 보냈다는데, 노조미와 후미카가 어떤 이야기를 했을지 도무지 모르겠다.

일요일 아침. 십이월의 아침은 쌀쌀해서 느지막이 숙소를 나섰다고 한다.

두 사람은 도진보로 향했다. 지금처럼 아무도 없지는 않았던 모양이다.

주상 절리 지형이라는 흔치 않은 바위밭을 구경한 뒤 두 사람은 산책로로 들어섰다. 노조미는 그곳에서 추락 방지용 울타리의 사슬에 걸터앉았다.

물론 그날도 바람이 강했다. 그러나 노조미를 덮친 강풍은 예상외였다. 바람에 떠밀려 노조미의 몸이 바다를 향해 휙 젖혀졌다.

그때 낡은 사슬이 말뚝에서 빠졌다.

"사슬이 그렇게 절벽에서 가깝지만 않았으면 그냥 넘어지기만 했을지도 몰라."

후미카는 그렇게 말했다.

노조미는 그대로 벼랑에서 거꾸로 떨어지고 말았다.

"추락하는 노조미랑 눈이 마주쳤어. 즉사였어. 고통은 없었을 거라고 들었어."

그다음 일은 신문이며 텔레비전에도 보도되었다. 관광 명소에서 발생한 불행한 사고. 사망한 사람은 가나자와 시에 거주하는 중학교 2학년 스와 노조미. 관리에 문제가 없었나. 지자체 담당자는 이렇게 말했다.

"이런 일이 앞으로 두 번 다시 없도록 관리를 강화하겠다."

그 뒤, 빠진 사슬만 교체되고 다른 부분은 이 년이 지나도록 예전 그대로인 것은 그저께 본 바다. 그에 대해 별로 불만은 없다.

경찰의 부검 때문에 경야는 사후 이틀이 지나 치러졌다. 장례는 사흘 뒤. 나는 참석하지 못했다. 나와 노조미는 아는 사람이 후미카뿐인 관계였기 때문이다. 가족에게 노조미에 관해 알리고 싶지 않았다. 애초에 장례에 참석한다는 의미도 이해할 수 없었다. 내가 진지한 표정으로 합장한다고 노조미에게 어떤 이득이 있다는 말인가?

후미카는 교복 차림으로 나를 찾아왔다.

그리고 자기 말을 듣는지 아닌지 알 수 없는 상태였을 나를 연신 측은해하며 노조미의 마지막을 자세히 이야기했다.

그때는 내심 귀를 틀어막고 있었는데…….

사키는 맞장구도 치지 않고 말없이, 꼼짝 않고, 한 마디도 놓치지 않겠다는 양 진지하게 내 이야기를 들었다.

"노조미의 마지막을 알 수 있어서 다행이라고 생각이 든 건 요즘 들어서야."

나는 그런 말로 이야기를 맺었다.

"어째 이상해."

사키는 즉시 말했다. 이 년간 원하건 말건 내가 계속 되새겨 온 이야기를 딱 한 번 듣고 그렇게 말했다.

"상상해 봐. 노조미가 거기 사슬에 걸터앉는 걸."

험악한 표정이다.

사키는 혼잣말로 한 것이었지만, 내 뇌리에도 흐릿한 이미지가 떠올랐다. 눈앞의 벼랑 끄트머리에 노조미가 있다. 그러나 나는 이제 내 쪽 노조미가 잘 생각나지 않았다.

그림자 같은 노조미가 사슬에 걸터앉는다. 이상하다면 어째서 그런 위험한 곳에 앉았나 하는 부분일까. 내가 만약 그 자리에 있었다면 제지했을까.

아니, 위험하다는 것도 결국에는 지금이니 할 수 있는 이야기다. 그런 정도로는 부자연스러울 것 없는데.

사키는 윙윙 불어 대는 바람에 얼굴을 찡그리며 바다를 노려보고 있었다. 아니면 바다와의 경계에 있는 사슬인가.

일심불란으로 뭔가를 생각하는 옆얼굴을 바라보다가 문득 그런 생각이 들었다. 그래, 이 녀석이라면 노조미가 죽게 두지 않았을지 모른다.

노조미가 죽은 뒤로, 아니, 집이 저렇게 된 뒤로…….

아니다. 훨씬 전, 기억도 나지 않을 만큼 훨씬 오래전부터.
어쩌면 나서부터.

나는 저런 식으로 열심히 뭘 생각해 본 적이 없다. 내 사고
는 늘 산만하고 정리되지 않아, 앞이 보이지 않는 안개를 비
춰 주지도, 앞을 가로막는 벽을 뚫지도 못한다. 이래 봬도 학
교 성적은 나쁘지 않지만 자랑할 수 있을 만큼 머리가 뛰어나
게 좋은 것도 아니다.

겉모습으로 머릿속까지는 알 수 없다. 하지만 입술까지 깨
물며 침묵하는 사키가 상당히 집중해서 생각하고 있음을 나
는 이제 완전히 인정하고 있었다.

시간이 어느 정도 흘렀을까. 그렇게 길지 않았을지도 모
른다.

사키는 눈을 질끈 감다시피 가늘게 뜨고 찌푸린 표정으로
말했다.

"그래, 그렇단 말이지. 응, 그건 아닌 게 아니라 있을 수
없는 일이지."

무겁지만 확신에 찬 목소리였다.

"……거짓말이구나."

나는 거짓말 따위 하지 않았지만 내게 한 말이 아니니 잠자코 있었다. 사키는 불현듯 내가 있는 것을 깨달은 양 고개를 들더니 입으로만 웃음을 지었다.

"미안. 나 잠깐 급한 볼일이 생겼거든. 같이 다녀 주지 못해서 미안하지만, 다음번 특급으로 돌아가야겠어."

그 말만 하더니 주저 없이 가 버리려 했다. 참지 못하고 불러 세웠다.

"잠깐!"

어깨 너머로 나를 돌아보는 사키에게 강한 어조로 말했다.

"너무하잖아. 남한테 억지로 이야기하게 해 놓고 급한 볼일이라니 그게 뭔데? 댁의 노조미 문제가 아니라고. 알아차린 게 있으면 나한테 말해 줘야 하는 거 아냐?"

사키가 멈춰 섰다. 눈에 망설임이 스친 듯했다.

"……그러네. 응, 맞는 말이야. 물론 그래야지. 솔직히 진정이 안 되는데…… 미안, 십 초만 기다려 줄래?"

십 초로 뭘 하겠다는 건가 싶었더니, 사키는 하늘을 크게 우러르며 찝찔한 습기를 머금은 공기를 한껏 들이마시며 심호흡을 했다.

나를 향해 오른손을 들어 손바닥을 보였다.

"일 분 더."

비즈로 장식된 청바지 주머니에서 쪽지를 꺼냈다. 손목시계와 번갈아 보고는 순간 눈살을 찌푸리는가 싶더니, 이번에는 조그맣게 고개를 끄덕인 다음 쪽지를 주머니에 도로 넣고 내게 웃음을 지어 보였다.

"알았어. 침착하게 이야기해 보자."

나는 침착했다. 오히려 침착함을 잃은 사키를 보니 불안했다. 하지만 사키는 이미 여유를 되찾고 거친 바다를 보고 있었다.

"시간이 있다면…… 여기서 이야기하는 게 제일 맞을지도 모르지."

무슨 말인지 알 수 없었다. 당혹해서 물었다.

"시간? 무슨 시간이지? 노조미하고 상관있는 거야?"

"응."

사키는 서슴없이 대답하더니 허리에 손을 얹고 다리를 살짝 벌리고 섰다.

"이상하다 싶은 게 있었는데, 네 이야기를 듣고 확신으로 바뀐 거야. 이런 데서 바다를 보고 있을 때가 아니다 싶어서 허둥댈 뻔했어."

"그러니까 무슨 소리냐니까."

"노조미가 말이지, 자꾸 사고를 당하지 뭐야."

……말문이 막혔다.

반면 사키는 조금 전 십 초로 사태를 완전히 파악했다는 양 막힘없이 이야기했다.

"확률로 따지자면 일 퍼센트 이하지만, 치사성이 있는 사고의 발생 가능성이 일 퍼센트에 가깝다는 건 걱정되는 수치잖아. 그래서 느긋하게 있을 수 없는 거야."

나는 간신히 "사고"라고 되뇌는 게 고작이었다.

"네가 방금 한 이야기 중 어느 부분이 거짓말인지 한마디로 말할 수 있어. 하지만 그게 어떤 의미인지 말하려면 좀 길어질 것 같거든."

나도 모르게 내가 한 이야기를 돌이켜 보았다. 그렇게 순식간에 알아차릴 거짓말이 내 이야기에 섞여 있었나? …… 사키와 내 차이는 그렇게까지 절망적인가.

하지만 어쨌거나.

나도 모르게 반 발짝 앞으로 나섰다.

"잘은 모르겠지만 노조미가 위험하다면 이런 데 있을 때가 아니잖아!"

부조리하게 별세계로 오게 된 내게, 여기 도진보는 원래 세계로 돌아갈 실마리가 있을지도 모르는 유일한 장소다. 일단은 아무것도 없어 보이지만, 아직 아무것도 살펴보지 않았다. 게다가 이 세계로 온 지 벌써 사흘. 실마리가 있다 해도 언제까지고 남아 있으리라는 법은 없다. 사흘째도 벌써 늦은 것일 수도 있다. 더욱이…… 이게 가장 중요한 점일지도 모르는데, 지금 가나자와로 돌아가고 나면 다시 도진보에 올 돈이 없다. 빌리거나 벌거나 훔치지 않는 한, 조사하러 돌아오지도 못한다.

그런 사실을 나는 충분히 이해하고 있었다. 게다가 내가 노조미에게 가지고 있던 감정이 본질적으로 어떤 것이었는지 사키에게 지적받고, 나로서는 도저히 받아들일 수 없는 관점에 적잖이 동요하고 있었다.

그런데도 나는 조금도 주저하지 않았다. 노조미에 대한 내 감정이 사랑이었든, 다른 어떤 것이었든 그녀를 잃는 장면을 한 번 더 경험한다는 것은 논외였다.

그러나 사키는 고개를 흔들었다.

"그래서 내가 아까 허둥댄 거잖니. 하지만 지금 허둥대지 않는다는 건 나한테 다 생각이 있다는 이야기야."

주머니에서 조금 전 쪽지를 꺼냈다. 사키가 건넨 쪽지를 보니 열차 시간표를 복사한 것이었다.

"특급이 좋겠지. 지금 서둘러 가 봤자 어차피 역에서 기다려야 해."

사키는 그러더니 내게 부드럽게 미소를 지었다.

"진정해. 노조미는 절대로 아무 일 없을 테니까. ……지금부터 가르쳐 줄게. 이 년 전에 있었던 일을."

\4\

"네 이야기에 거짓말이 있었어."

"난 거짓말 같은 거……."

"네가 했다곤 말 안 했어."

아까부터…… 역에서 타고 온 버스에서 내린 뒤로 사키 말고 아무도 보지 못했다. 그렇지 않아도 쓸쓸한 곳인 도진보의 산책로에서 보이는 것이라곤 어딘지 모르게 악몽 같은 어두운 하늘과 수평선뿐. 끊임없이 귓전을 때리는, 파도가 부서지는 땅울림 같은 소리. 일월이나 이월의 얼어붙은 공기에 비하면 그나마 견딜 수 있지만, 착실하게 사지에서 열을 앗아간다. 하지만 그런 추위만이 어딘지 모르게 현실적이었다.

사키는 말했다. 이 년 전 일에 대해 가르쳐 주겠다고.

나는 사키에게 이야기한 대로 알고 있을 뿐이다. 딱 한 번 듣고 거짓말이 섞여 있다고 단언하는 사키는 천연덕스럽게 어깨를 으쓱했다.

"뭐, 거짓말 자체는 그렇게 대단한 게 아냐. 너 해륙풍이라고 알아?"

들어 본 적은 있었다. 중학교 때 배운 것도 같다. 하지만 어떤 것인지는 잘 기억나지 않았다.

"……단어는."

사키는 미소를 지었다.

"솔직해서 좋네. 해륙풍이란 건 바다 근처에서 육지랑 바다의 온도 차이 때문에 발생하는 바람을 말해."

그랬을지도 모른다. 그런데 그게 어쨌다는 말인가?

어리둥절해서 뒷말을 기다리는 나를 사키는 어이없다는 듯 쳐다보았다.

"모르겠어?"

"……뭐가?"

"상상해 보란 말이야. 눈앞에 바로 그곳이 있잖아."

사키가 가리키는 곳에는 주의를 환기하는 낡은 안내판과 새 사슬을 친 울타리가 있었다.

"네 노조미는 여기서 저 사슬에 걸터앉았어. 그때 강풍이 불어 균형을 잃었지. 그랬더니 사슬이 빠지는 바람에 밑으로 떨어졌어. 봐. 떠올려 보라고."

보고 싶지 않았고, 떠올려 보기도 싫은 구도였다. 사키의 강요에 오히려 사슬에 눈길을 줄 수 없어졌다. 아무리 별세계의 동화라고 냉정하게 생각하려 해도 그런 장면은 상상하기 싫었다.

사키의 입에서 짤막한 한숨이 흘러나왔다.

"어렵겠네. 그럼……."

사키는 소리 내어 걸음을 내디뎠다.

벼랑 쪽으로.

"무슨 짓이야!"

나도 모르게 소리쳤다. 그런데 사키는 태연했다.

"괜찮아."

아닌 게 아니라 사슬은 새것이니 빠지지는 않을 것이다. 하지만 노조미를 덮친 것은 돌풍이었다. 바람은 지금도 세차게 불고 있다.

세차게. 내 얼굴을 정면에서 때린다.

사키는 말했다. 해륙풍이라고 알아?

……설마 그럴 리가.

막아야 해, 막아야만 해. 그렇게 생각하면서도 나는 꼼짝하지 못했다. 사키는 마침내 노조미가 떨어진 바로 그곳의 사슬에 천천히 걸터앉았다.

짤랑 하고 금속이 부딪치는 소리가 났다. 사키는 사슬에 걸터앉아 다리까지 꼬았다.

그제야 깨달았다. 눈앞에서 재현해 보이고야 비로소 알았다. 내 표정을 읽었는지 사키는 조그맣게 고개를 끄덕이더니 아까 한 말을 되풀이했다.

"해륙풍."

"……."

"밤엔 바다가 따뜻해지니까 찬 육지에서 바다 쪽으로 바람이 불어. 낮엔 그 반대."

바람은 정면에서 내 얼굴을 때리고 있었다. 동해 바다를 건너 불어온다.

"떨어질 리 없어. 그 어떤 돌풍이라도 순풍이어선. 앞으로 고꾸라져서 넘어질 뿐이야."

그러냐고 받아들이기에는 너무나도 단순하고, 그러면서 결정적인 지적이었다. 설마, 아무리 그런 일이. ……그러나 실제로 지금 바람은 사키의 등 뒤에서 불어온다. 나는 애써 입을 뗐다.

"노조미가…… 노조미가 어느 쪽으로 앉아 있었는지 모르잖아. 바다에서 불어온 바람이 맞바람이 됐을지도."

"이렇게?"

사키는 바다를 향해 다시 앉더니 고개만 뒤로 돌리고 한마디 했다.

"상상하고 나서 말하지?"

대꾸할 말도 없었다. 이런 상태에서 바다에서 돌풍이 불어오면 사키는 뒤로 나자빠져 머리를 부딪칠 것이다. 하지만 바람에 의해 바다 쪽으로 쓰러지는 일은 그야말로 상상도 할 수 없었다.

사키는 일어나 바다를 등지고 섰다.

"아닌 게 아니라 여기처럼 가로막는 게 없는 벼랑 위는 바람이 세. 하지만 그것 때문에 밑으로 떨어지려면 바람은 육지에서 바다를 향해 불어야지, 안 그럼 이상하다고.

다만 해륙풍이란 건 그렇게 세지 않아. 고기압에서 저기압으로 흘러드는 바람, 말하자면 계절풍을 역전시킬 힘은 없어. 하물며 육지가 별로 덥혀지지 않는 겨울에는 더하지."

얼굴을 들었다.

"그럼……."

그러나 사키는 내게 검지를 들이대며 말했다.

"그럼 뭐? 너도 가나자와에 살았으니 알 거 아냐. 호쿠리
쿠 지방에선 겨울에 바람이 어느 쪽에서 어느 쪽으로 불지?"

시키는 대로 떠올려 보았다. 가나자와에 살면서 시달려야
했던 강풍.

겨울에는…… 바람은 대륙에서 동해를 건너 불어온다. 지
금 그런 것처럼. 이 년 전에 그랬던 것처럼. 생각났다. 그저
께 내 세계에서 꽃을 바쳤을 때 벼랑에 등을 돌린 나는 구름
속에서 태양을 보았다. 한낮 즈음이었다.

바람은 북쪽에서 불어오고, 이 절벽은 북쪽을 바라보고
있다.

시키는 문득 내게서 시선을 뗐다.

"있을 수 없는 일이야. 바람에 떠밀려 밑으로 떨어졌다는
건."

"그럼 후미카가 거짓말을 했다고?"

나는 중얼거렸다. 하지만 도무지 납득이 되지 않았다. 후
미카가 어째서 그런 짓을 한다는 말인가?

"이유는?"

"상상력이 신통치 않은 널 위해 내가 가능성을 열거해 주
지."

사키는 주먹을 불쑥 내밀었다. 검지가 튀어나왔다.

"첫째, 사실 후미카는 노조미가 떨어지는 장면을 못 봤다. 상상으로 말했기 때문에 사실하고 달랐다."

중지가 나왔다.

"둘째, 후미카한테 노조미가 바람에 떠밀려 떨어졌다고 하지 않으면 곤란한 사정이 있었다."

그리고 약지.

"셋째, 후미카는 불지 않은 바람을 불었다고 머릿속으로 꾸며 냈다."

"……셋 다 충분한 설명이 못 되는 것 같은데."

"그건 그래."

사키는 선뜻 인정하고 손을 내리더니 말을 이었다.

"그렇지만 노조미가 떨어진 이유는 바람하고 별로 상관없거든. 네 이야기를 듣기로."

"뭐?"

"노조미는 바람이 불어서 떨어진 게 아냐. 직접적인 원인은 오래돼서 삭은 사슬이 말뚝에서 빠진 거지. 너한테 이야기할 때 그렇게만 말했으면 되는데, 묻지도 않았고 심지어 사실도 아닌 바람 이야기를 구태여 꺼냈어. 그게 영 이상하잖아?"

듣고 보니 그렇다. 실제로 노조미의 사고는 관리 부실이 원인인 것으로 처리됐을 텐데.

"상상해 봐. 후미카는 왜 물어본 것도 아닌데 바람 이야기를 했을까. 또는 해야 했을까."

"……."

"상상만으로 부족할 것 같으면 기억을 떠올려 봐. 난 모르지만 바람 이야기를 꺼냈을 때 후미카는 어떤 느낌이었어?"

잊고 싶었던 기억이지만 나는 아직 그 장면을 선명히 돌이킬 수 있었다. 후미카의 말이 귓가에 되살아났다.

사슬이 빠진 거야. 낡은 말뚝에서. 바닷바람에 사슬이 녹슬었대.

추락하는 노조미랑 눈이 마주쳤어. 즉사였어. 고통은 없었을 거라고 들었어.

그 말을 듣고 나는 중얼거렸다.

그런 사슬을 그냥 방치했다고?

"후미카는…… 사슬이 낡은 것 때문만은 아니라고 했어. 녹슨 사슬을 방치한 탓이란 말을 내가 했더니, 꼭 덧붙이는 것처럼 바람 이야기를 했어. 사슬만 문제였던 게 아니라, 갑자기 바람이 불어서 휘청했는데 그때 사슬이 빠졌다고.

……그러고 보니 바람 이야기를 몇 번이나 되풀이했던 것

같아."

하나 더 생각났다.

"마지막엔 바람 탓이었단 말까지 했을걸."

사키는 일그러진 표정으로 팔짱을 끼었다.

"그렇겠지. 그런 말을 할 법해. ……그래서 어때? 후미카가 거짓말을 한 이유, 상상이 안 돼?"

내게 질문을 하지만 사키는 이미 그 답을 알고 있다. 그렇다면 내가 굳이 평범한 머리를 쥐어짤 필요도 없다. 입을 다물고 있자 사키가 쓴웃음을 지었다.

"뭐, 여기에 관해선 나만 아는 정보가 있긴 해. 네가 짐작도 못 하는 건 어쩔 수 없는지도 모르지. 그럼 내가 말해 줄게.

간단히 말해서 이런 거야. 후미카는 사슬이랑 말뚝이 낡아서 위험한 상태란 걸 알고 있었어. 알면서 노조미를 거기 앉혔어. 그랬더니 노조미가 죽었어."

"……죽였군!"

반사적으로 소리친 내게 사키는 천천히 고개를 내저었다.

"그런 말은 안 했어. 나도 그렇게까지 생각하진 않아. 아마 겁주려고 그랬겠지…….

그런데 실제로 죽어 버렸으니 나름대로 죄책감이 들거든. 자기가 앉힌 것 때문에 노조미가 죽었다고 생각하긴 싫어. 사슬이 오래된 것 때문에 죽었다고 하는 건 너무 직접적이고.

자기가 앉힌 탓이 아니라고, 책임을 전가할 상대가 있으면 좋겠어.

그런 마음이 후미카의 머릿속에서 있지도 않은 바람을 불어오게 만든 건 아닐까."

유키 후미카. 특이한 여자애라는 생각은 했다. 어제 쫓아와 사진을 찍은 일로 다시금 그런 생각을 했었다. 하지만 그뿐이었다.

나는 그 애에 대해 그 이상의 강한 인상을 가진 적이 없었다. 다른 누구에게 그런 것처럼. 그렇기에 도무지 이해되지 않았다.

"후미카는 왜 그런……."

내 물음에 사키는 쉽사리 답을 내놓았다.

"그야 성격이 엄청 비뚤어진 애니까."

"……"

"너 어제 후미카 만났지?"

사키가 물었다.

"……강변 공원에서."

"아니, 그 뒤. 십중팔구 고린보 같은 데서."

어떻게 아는 거지? 사이가와 강변에서 벌어진 일이었고,

주위에는 아무도 없었는데. 놀란 기색을 알아차렸는지 사키는 손을 내저었다.

"아, 별거 아냐. 자전거를 반납할 때 후미카가 먼저 와 있다는 걸 알아차렸거든. 숨어 있길래 있는 힘껏 노려봐 줬지. 걔가 나한테 볼일 있는 게 아니란 건 알고 있었으니까 너한테 접근하겠구나 싶었던 거야."

"나한테?"

어째서? 아닌 게 아니라 후미카는 내 세계에서도 내게 관심을 보이는 것 같았지만…….

사키의 표정이 조금 흐려졌다.

"있지, 걔는 사진이 취미야."

"그런 것 같던데."

"평범한 사진이 아냐. 남의 상처를 기록하는 게 취미라고."

마치 불쾌한 것을 토해 내는 듯한 말투였다.

"상처……."

"어제 넌 끝내주게 불행한 얼굴이었으니까. 부정적인 오라도 물씬 풍겼고. 후미카가 놓칠 리 없겠다 싶었어. 걔가 너한테 뭐래?"

어젯밤 기억을 떠올려 보았다.

"최고라던데."

사키는 더러운 것이라도 떨쳐 내듯 손을 저었다.

"아, 진짜! 내가 그 자리에 있었으면 한 대 확 쳤을 텐데."

그 애가 그런……

아무리 사키가 한 말이라지만 받아들이기에는 너무나도 뜻밖이었다. 믿지 않을 이유는 없었지만 믿을 수 있을 리도 없었다. 내 눈에 유키 후미카는 다소 특이하기는 해도 그런 인간 같지 않았다.

사키는 오른쪽 다리를 어루만졌다.

"내가 교통사고로 죽을 뻔했다는 이야기는 했지?"

"자전거로?"

"응. 개방성 골절. 그랬더니 걔가 온 거야, 후미카가."

아는지 모르는지 사키가 얼굴을 찡그렸다.

"그때였어. 내가 처음 걔 성격을 의심한 건. 후미카 입장에서 난 사촌의 선배잖아? 상관이고 뭐고 없는 사람이고, 얼굴만 본 적이 있는 그냥 그런 관계였다고. 그런데 일부러 병문안까지 왔지 뭐야.

처음엔 예의 바른 애라고 생각 안 했던 것도 아냐. 그런데 '아픈가요?' '아팠나요?' 하고 몇 번씩 묻는 그 눈이 얼마나 번득거리던지! 깁스를 해서 꼼짝도 못하는 내 다리를 기분 나쁠 만큼 황홀한 눈초리로 쳐다보는 거야. 이거 뭐 하는 앤가 싶었어.

그러더니 몰래 사진까지 찍어 가더라. 자기 딴엔 나 모르게 한답시고 했겠지."

"……."

"그 뒤로 걔의 행동을 경계하게 됐거든. 그랬더니 걔가 오는 건 꼭 노조미네 집에 무슨 일이 있었을 때지 뭐야. 노조미 어머니가 친정으로 돌아가셨을 땐 굉장했어. '괴로워? 응? 어때? 괴로워?' 할 것처럼 바짝 붙어서 말이야."

노조미의 장례식 뒤, 나와 그렇게 잘 아는 사이도 아닌데 후미카는 귀를 틀어막고 싶은 나를 일부러 찾아와 노조미가 죽은 상황을 속속들이 가르쳐 주었다.

"그렇지만 노조미는 괴로운 표정을 짓지 않았어. 웃는 얼굴로 괜찮다고 했어. 날 흉내 내서 옵티미스트가 돼 있었어."

내 쪽에서도 노조미는 그런 표정을 짓지 않았을 것이다. 표정도 달라지지 않은 채 '별로'라고 했을 터. 노조미는 '아무것도 아닌 사람'이었으니까.

"걔는 그게 마음에 안 들었나 봐. 김이 새서 몇 번씩 물고 늘어져도, 시침 뗀 표정으로 순진한 척하면서 상처에 소금을 쳐 바르는 말을 해도, 노조미는 전혀 상처 입지 않았으니까.

그 뒤였어. 걔가 노조미한테 도진보 여행을 제안한 건."

타이밍상으로는 그런가. 아닌 게 아니라 그렇다.

"얘가 꿍꿍이가 있구나 싶더라. 단둘이 있는 자리에서 어떻게든 노조미가 불행한 표정을 짓게 하고 싶은 거구나 싶었어. 그래서 노조미가 같이 가자고 했을 때 그러자고 한 거야. ……있지."

조금씩 열을 띠었던 사키의 어조가 단번에 조용해졌다.

"후미카가 왜 묻지도 않은 바람 이야기를 했는지, 난 짚이는 데가 있다고 했지?

토요일 밤 묵은 여관에…… 객실 탁자 위에 안내문이 있었어. 뭐, 비상구 위치라든지, 근처 관광 시설 안내 같은 거였지만, 후미카가 방에 들어가자마자 그런 종이부터 버리더라고. 이거 뭐가 있구나 싶어서 나중에 몰래 여관에 부탁해서 같은 걸 봤거든. 거기 뭐라고 씌어 있었을 것 같아?"

나도 대강은 짐작이 갔다.

"사슬이…… 오래됐으니."

사키는 살짝 고개를 끄덕였다.

"가까이 가지 말라고.

그런데 다음 날, 안내문을 우리가 못 보게 버린 후미카는 우리를 산책로로 유인하더니 여기서 그러더라. '사진 찍을 테니까 노조미, 거기 서 볼래?' 하고. 그러더니 아주 자연스럽게 '음, 그럼 사슬에 걸터앉아 볼까?'라고 했어."

오싹했다.

사키는 무척 침착하고 어른스러운 목소리로 말했다.

"내가 못 하게 막았어."

"나도 후미카가 어디까지 할 작정이었는지는 알 수 없었어. 노조미가 위험한 일을 당하게 해서 겁에 질린 표정을 보면 만족했을까, 그냥 그 정도로 생각했어.

하지만 넌 노조미가 죽었다고 했어. 후미카가 그렇게까지 미쳤다면 나도 생각을 좀 바꿔야 하거든. 그러니까 가나자와로 돌아가야 해."

그래, 사키는 아까 노조미가 사고를 당한다고 했다.

"……유키 후미카가 노조미한테 또 뭔 일을 할 거라고?"

사키는 과장되게 어깨를 으쓱했다.

"아까도 말했지만 난 후미카를 보면 경계경보가 왱왱 울리거든. 어제 공원에서 만났을 때 이거 혹시 싶은 부분이 있었어. 하지만 아무리 그래도 그건 내 생각이 지나친 거라고 넘어갔는데…….

'후미카의 장난이 노조미를 죽였다는 사실'이 실제로 존재한다면 방심할 수 없지. 안 하면 후회할지 모르는 일을 안 하는 건 내 성격에 안 맞아."

내 성격에도 맞지 않는다. 시키는 일을 하고 결과를 받아들이는 나는 후회라는 것을 별로 하지 않는다. ……하지 않았다.

"구체적으로는?"

그러자 간결한 대답이 돌아왔다.

"조사해 보고 가르쳐 줄게."

이 년간. 이 년간, 나는 후미카에게 속고 살아왔다는 뜻이다. 겨우 애도하러 올 수 있게 됐는데, 이제 와서 노조미를 죽게 한 사람이 후미카라고 하면 나더러 대체 뭘 어떻게 생각하라는 말인가. 내 이야기이기도 할 텐데 그야말로 동화를 듣는 기분이었다.

화를 내야 하나? 원망해야 하는 걸까? 용서해야…… 아니, 그 이전에 나는 후미카를 용서할 수 없다고 생각하나?

모르겠다. 사키가 한 말이 사실인지. 내가 그것을 어떻게 생각하는지. 그리고 또…….

"댁의 판단이 옳다면…… 후미카는 왜 그런 취미를 갖게 됐지?"

사키의 기세가 눈에 띄게 꺾였다.

"그런 건 내 알 바 아니고."

"······."

"상상해 볼 마음도 안 나. 내가 알기로 후미카네 집은 제법 여유 있는데다 후미카는 외동딸로 곱게 자랐다더라. 그냥 평범한 환경인 거야. ······뭐, 굳이 말하자면 그래서 남의 불행에 관심을 갖는 걸지도 모르지만. 그래도 그건 정상이 아냐. 내 알 바 아니란 게 정답이야."

내가 묻기는 했어도 그렇겠다 싶었다. 환경으로 성격을 설명하려는 노력은 무의미하다는 사실쯤 알고 있을 텐데. 그렇지 않나, 나와 사키는 인생의 대부분을 거의 유사한 가정 환경에서 자랐으니까.

"그래서······."

사키는 말하다 말고 별안간 입을 다물었다.

"음······."

"왜?"

"응, 좀 더 말할까 했는데 그만둘래. 이 이상은 야비한 것 같아."

뜻밖이었다. 비록 내 마음은 모르겠어도 사키가 지금 후미카에게 화가 난 것은 분명하다고 생각했다. 그런데 스스로 입을 다물다니.

"야비하다니, 사실을 말하는 거잖아."

그러자 사키는 쓴웃음을 지었다.

"응, 그거야 그렇지. 사실인지 아닌지는 알 수 없지만. 하지만 뭐랄까, 나도 자의식이 없는 편은 아니잖아? 브레이크를 걸지 않으면 나도 모르게 과해질 때가 있거든."

"과해져?"

"응."

사키는 살짝 고개를 끄덕이더니 또다시 쓴웃음을 지었다.

"그 뭐냐, 자기 콤플렉스를 남한테 투영하고 경멸하면서 시원해하고 말이야. 남 욕 하나는 잘하지 싶은 그런 거. 후미카도 저질이지만 이것도 일종의 저질이잖아.

난 후미카가 시시한 장난을 못 치게 하면 되는 거지, 걔를 지금 네 앞에서 헐뜯은들 의미가 없다고. 그래 봤자 야비할 뿐이야."

사키는 손뼉을 딱 쳤다. 그 이상 이야기할 마음이 없다는 의사 표시일 것이다.

"그만 가자."

나는 고개를 끄덕였다. 이쪽 후미카가 무엇을 할 생각인지는 모르지만 여기 멀거니 서 있는 것에 불안감이 들기 시작한 참이었다.

갑자기 지금까지 내내 찬 바람을 맞았다는 게 생각났다. 이야기하는 동안 추위마저 잊고 있었는데.

사키도 마찬가지였나 보다. 느닷없이 절실한 어조로 "아…… 따뜻한 거 마시고 싶다" 하고 중얼거렸다.

그러더니 짐짓 명랑한 말투로 말했다.

"우리 뭐 딴 이야기 안 할래? 하도 추워서 이야기라도 하면서 걸어야 할 것 같아."

그래 봤자 딱히 하고 싶은 이야기가 없는데. 하지만 침묵하고 싶지 않은 것은 나도 마찬가지였다. 입 다물고 있으면 생각해야 할 게 너무 많았다. 사키가 내 귓가에 얼굴을 들이 댔다.

"있지, 내내 궁금했던 게 있는데."

"……뭐가?"

짓궂은 웃음이 떠올랐다.

"너, 노조미랑 했어?"

숨이 멎었다.

대꾸할 말이 생각나지 않아 하고 많은 말 중에 "뭘?"이라고 하고 말았다. 당연히 사키는 손가락질하며 비웃었다.

"와, 내숭쟁이다, 내숭쟁이."

고개가 수그러졌다. 지저분한 스니커 끄트머리를 바라보아야 했다.

"얘도 참, 너랑 나 사이에 뭘 그렇게 쑥스러워해?"

별 사이 아니다. 만난 지 사흘째다.

사키가 낮은 목소리로 소곤거리니 더욱 말하기 껄끄러웠다.

"……몰라."

뻗대는 것치고는 너무 약한가.

"아니, 그 뭐냐, 귀여운 후배 이야기잖아. 모른다는 말로 넘어갈 순 없지."

저렇게 심술궂게 다그치는 걸 보니 가나자와까지 가는 동안 내내 얼버무리지는 못할 것 같다.

뭐, 상관없나. 구태여 비밀인 척할 것도 없다. 어차피…….

"안 했어."

안 했으니까.

"에이 참, 얼굴 빨개져선. 나한테 그런 거짓말은 안 통해요."

내 얼굴이 빨간지 아닌지는 알 수 없으나, 아무리 우리 둘밖에 없다지만 얼굴색 하나 변치 않고 그런 이야기를 꺼낼 수 있는 댁은 대체 뭔가. 섬세함은 어디 두고 왔나.

몰아세우듯 하는 사키의 태도에 내 말투는 점점 무뚝뚝해졌다.

"거짓말 아니야."

사키는 짐짓 고개를 갸웃했다.

"엥? 그게 진짜라면 남자란 동물에 대해 생각을 바꿔야겠는데."

……바꿔라. 사키는 어차피 나에 관해 알고 있으니 감출 것도 없다.

나는 시선을 발끝에서 소나무 숲 너머로 옮겼다.

"그야 그런 분위기였을 때도 있었어."

"그래, 그래."

"그런데…….."

잠시 생각했다.

"……기분 나빠서."

"기분 나쁘다고?"

의아한 목소리였다. 나는 고개를 끄덕였다.

"어째 기분 나빠서 난 결국 노조미의 손도 잡아 본 적이 없어."

농담이 날아올 것이라 각오하고 있었다.

"……집 때문에?"

짧은 침묵 뒤에 사키가 한 말은 이 한마디였다.

그것으로 충분했다. 정말 감이 좋다고 할지, 통찰력이 있다고 할지, 사키는 어떻게 이렇게까지 자연스럽게 이해하는 걸까. 왜 내게는 그 힘의 10분의 1도 없는 걸까.

나는 결국 내가 노조미와 신체적 접촉을 하지 못한 이유를 부모가 아닌 다른 곳에서 찾지 못했다. 기분 나빴다기보다 무서웠다고 생각한다. 진지해 빠진 얼굴에서 단숨에 흐물흐물한 표정으로 돌변하는 아버지, 그리고 신 나서 콧방울을 실룩거리며 정성스레 화장하는 어머니와 똑같은 표정이 되는 것이.

나와 노조미의 관계는 원색적인 면이 없는, 그러면서도 순수한 것도 아닌, 말하자면 기형적인 것이었다. 그것을 현실적인 관계로 끌어내릴 수단이 있었다면, 분명 손을 잡고 키스를 하는 것이었으리라.

나도 '남자란 동물'이니 충동은 있었다. 육체에 대한 혐오감도 이윽고 극복할 수 있었으리라 생각한다.

그러나…….

"기분 나쁘단 생각이 사라지기 전에 죽어 버리는 바람에."

사키는 한숨을 쉬었다.

"……너 바보구나."

"나도 알아."

"아니, 그보다 애야, 애."

"알아."

내 세계에서 내가 후회하는 게 있었다면, 그것은 노조미가 죽은 게 아니라 죽기 전에 그녀를 끌어안기조차 하지 않았다는 사실이었다. 그랬다면 바보인 것은 어쩔 수 없다 쳐도 애는 아니었을지 모른다.

지금은 다른 것도 후회한다.

내내 청각을 뒤흔드는 해명海鳴에 문득 눈앞이 핑그르르 도는 듯했다.

ボトルネック　第4장

───

녹색 눈

\ 1 \

가나자와 역에 도착하니 낮이 다 되었다. 역 앞 로터리에 버스 몇 대가 대기하고 있고, 도로는 오가는 차들로 심하게 붐볐다.

유키 후미카가 노조미에게 장난을 치려 한다. 목숨마저 위험하게 만드는 장난을. 사키의 견해는 도저히 그냥 무시할 수 있는 것이 아니었다. 그러나 사키는 후미카가 구체적으로 어떤 수단을 취할지 말하려 하지 않았다. 내 빈약한 머리로는 어떤 가능성이 있을지 추측조차 불가능했다. 할 수 있는 일이라곤 사키의 뒤를 따라다니는 것 정도다. 따라다니는 데 필요한 돈, 구체적으로 말해서 특급 요금은 사키가 내주었다. 더

할 나위 없이 한심하지만, 그래 주지 않았으면 나는 특급을 탈 수 없었다.

자, 그래서 돌아왔는데.

"그래서 어쩌려고?"

그러자 사키는 대체 무슨 소리냐는 듯 눈을 동그랗게 떴다.

"어쩌다니? 당연히 집에 가야지."

당연한가?

"노조미는?"

검지를 가볍게 들이댄다.

"상상력."

"……."

"노조미한테 간다 쳐. 자, 노조미는 지금 어디 있을까요?"

그걸 어떻게 알겠느냐고 하려다가 오늘이 평일이라는 게 생각났다. 사키가 학교를 땡땡이친 것이다.

"그래, 학교에 있겠군."

사키는 허리에 손을 얹고 만족스레 고개를 끄덕였다.

"그래. 아무리 나라도 사복 차림으로 학교에 쳐들어갈 순 없잖아."

그런 소리를 할 때인가. 노조미가 위험한데 사복이든 뭐든 좌우지간 가야 할 것 같은데.

끔찍한 결말을 암시하면서도 사키에게서는 영 위기감이 느껴지지 않았다. 안절부절못한다고 좋은 것도 아니겠지만……. 상당히 짜증 났지만 사키가 예상하는 후미카의 계획이 무엇인지 모르니 세게 나갈 수 없었다. 다행히 내 기색을 눈치챘는지 사키가 달래듯 말했다.

"안심해. 학교 끝날 때까지 아무 일 없을 테니까. 시간은 충분해."

그런가. 사키가 그렇다면 그렇겠지만.

"……그럼 난 뭘 하지?"

내가 중얼거린 말에 사키는 신기한 동물을 보는 눈빛으로 나를 바라보았다.

"네가 해 줄 일은 아무것도 없는데."

"그래?"

"그렇다고 그냥 보내는 것도 그러네. 음."

사키는 허공을 노려보며 말을 이었다.

"너도 일단 집으로 와. 아무도 없으니까. 갔다 와서 결과를 가르쳐 줄게. 그때까지 우리 집에서 느긋하게 기다려."

집이라…….

내가 안고 있는 여러 문제는 대부분 집에 기인하는데도 그런 말을 들으면 역시 돌아가고 싶어지니 정말이지 어처구니가 없다.

"그럼 그럴까."

순순한 대답에 미소를 지은 사키는 내가 걸음을 떼자 허둥대며 말했다.

"잠깐, 어디 가는 거야?"

"집."

"어떻게 가려고?"

"……걸어서."

한 시간 반쯤 걸릴까.

"걸어서…… 아, 그렇구나. 빈털터리구나."

사키는 짧은 머리를 긁적였다.

그렇지는 않다. 특급 요금을 사키가 내준 덕분에 캔커피 정도는 살 수 있다.

사키는 한숨을 쉬더니 내 윈드브레이커를 잡아당겼다.

"걸어갔다간 해 떨어질 거야. 스쿠터로 가자."

그러면서 나를 끌고 간 곳은 역 바로 옆, 호텔 뒤쪽의 좁은 골목길이었다. 이런 곳에 뭐가 있다는 말인가 했더니 이륜 주차장이 있었다. 지저분하고 녹슨 낡은 자전거들 틈에서 주황색 스쿠터가 더할 나위 없이 튀었다. 사키는 청바지 주머니에서 열쇠를 꺼내 요령 좋은 손놀림으로 U 자 자물쇠를 풀고 보

보틀넥
\
258

관함에서 주황색 헬멧과 얇은 검정 윈드브레이커, 짙은 갈색 장갑을 꺼냈다.

"자."

"자?"

"뒤에 타!"

타라고 강요하는데, 이쪽 세계에서는 스쿠터에 2인 승차가 허용되나? 아니, 그럴 리 없다. 나도 모르게 머뭇거렸다.

"2인 승차는······."

헬멧을 대충 쓰고 윈드브레이커를 껴입고 장갑을 끼고 스쿠터에 올라타 열쇠를 꽂고 나서 사키가 말했다.

"너도 끝까지 지켜보고 싶을 거 아냐. 여기에 두고 가면 뒷맛이 나쁠 것 같고, 뭣보다 너무 의리 없잖아. 내 뒤에 타든지, 아니면 나한테 돈을 빌려서 버스로 가든지. 난 어느 쪽이든 상관없지만······ 너라면 2인 승차를 택할 것 같은데."

······뭐라 말할 수 없는 기분이었다. 맞는 말이다. 돈을 또 빌리거나 법을 어기고 2인 승차를 하거나 둘 중 하나를 택하라고 하면, 나는 분명 2인 승차 쪽을 고를 것이다. 맞는 말이긴 한데······.

그만두자. 생각은 그만하고 사키 말에 따르자. 잠자코 스쿠터 짐받이에 올라앉았다.

"뒷길로만 갈 거야. 안 걸리면 다행이고."

사키는 그렇게 농담조로 말하더니 과장된 동작으로 가슴에
십자를 그었다.

"꽉 잡아."

시키는 대로 사키의 허리에 팔을 둘렀다. 도중에 굴러떨어
지기 싫으니 몸을 붙였다.

"자, 간다!"

그런 말과 더불어 주황색 스쿠터는 한낮의 가나자와를 달
려 나갔다.

자전거를 타도 겨울에는 몸이 저릿할 정도로 추운데, 스쿠
터를 타니 상상을 초월할 정도로 바람이 셌다. 나는 장갑을
끼지 않은 맨손으로 사키의 배를 붙들고 있었는데, 순식간에
손가락이 곱아 못 견디고 내려 달라고 소리칠 뻔했다. 이를
악물고 버틴 것은, 그것이 어쩐지 내가 노조미를 위해 할 수
있는 고행처럼 느껴졌기 때문이다. 물론 나는 알고 있었다.
그런 것은 그냥 내 착각이다.

어찌나 추운지 몸이 움츠러들어 무의식중에 사키를 세게
끌어안았다. 윈드브레이커 너머로도 사람의 몸은 따뜻하고
부드러웠다.

도중에 큰 교차로를 피할 수 없을 때가 있었다. 사키는 일단 나를 내려놓고 걸어서 길을 건너게 했다. 보행자용 신호등을 기다리는 동안 나는 열심히 손을 비볐다. 바람을 정면에서 맞은 두 손은 부었나 싶을 만큼 뻘겠다.

눈에 띄지 않을 곳에서 다시 탔다. 사키는 스쿠터로 강변 뒷길을 달렸다.

사키를 꽉 붙들고 있으려니 기분이 무척 복잡했다.

할 수만 있다면 거리를 두고 싶은 상대방에게 어쩔 수 없이 딱 달라붙어 있다. 그럴 마음은 전혀 없었는데 어느새 호의에 기대고 있다. ……게다가 그러면서도 별로 열등감이 들지 않는다.

그렇구나.

꼭 가족 같다.

그나저나 춥다. 이가 딱딱 맞부딪치기 시작했다. 냉기가 눈에 스며 눈물이 났지만, 둘이 탄 오토바이의 중심을 잡는 법에 사키가 익숙해졌는지 속도가 더 빨라져 손을 놓을 수 없었다.

\2\

대낮에 당당히 교통 법규 위반을 했는데도 사키의 스쿠터
는 운 좋게 붙들리는 일 없이 사가노가에 도착했다. 손목시
계를 보았다. 학교에서는 점심시간이 끝났을 즈음일 것이다.
사키는 학교가 끝날 때까지 아무 일 없을 것이라고 했다. 그
렇다면 조바심칠 필요는 없을지 모르지만, 보관함에 넣기 전
에 윈드브레이커를 잘 개는 사키를 보니 지금 그러고 있을 때
냐고 고함치고 싶어졌다.

　U 자 자물쇠까지 채운 뒤, 사키가 일어나 쓴웃음을 지었다.

"너 너무 꽉 붙들더라."

"……."

"힘들었어."

뭐라 사과할 말이 없었다. 일부러 그런 것은 아닌데.

다만 사과를 못 하는 데는 엄연한 이유가 있었다. 내 안색을 본 사키가 눈살을 살짝 찌푸렸다.

"혹시…… 추웠어?"

고개를 끄덕였다.

방한복의 두께는 나나 사키나 별 차이가 없다. 그런데도 나만 이렇게 뼛속까지 춥다는 것은…… 어째 안 좋은 상황 같다. 도진보에서 계속 바람을 맞은 게 문제였나. 잠을 제대로 못 잤기 때문인가. 감기에 걸렸는지도 모르겠다. 이 상황에서 병까지 들었다가는 꼴이 말이 아니다.

"괜찮아?"

"……아마."

"뭐 마실래?"

사키는 키홀더에 달린 열쇠 다발 중 집 열쇠를 골랐다.

나도 집 열쇠가 있지만, 내 열쇠는 이 집 자물쇠에 맞지 않는다. 이틀 전에는 어떻게 된 일인가 싶었는데 이제는 알 수 있다. 아마 원래는 사키 쪽이나 내 쪽이나 같은 열쇠였을 것이다. 그런데 내 쪽에서 전에 형이 현관문을 부순 적이 있었다. 그러고 보니 그때 자물쇠를 교체했다.

문이 열렸다.

"들어와."

나는 내 집이 아닌 내 집으로 안내되었다.

거실에 들어간 사키는 우선 난방을 틀었다. 이내 나오기 시작한 온풍을 나는 정면에서 받았다. 사키는 벽시계를 보며 중얼거렸다.

"벌써 점심시간이구나."

그러더니 잠시 생각했다가 말했다.

"난 먹을 시간이 없지만 넌 뭐 좀 따뜻한 거 먹게 해 줄게."

나는 내 배에 손을 대 보았다. 어젯밤부터 속에 넣은 것이라곤 사키가 아침에 사 준 육포뿐이다. 하지만 별로 배가 고프다는 생각도 들지 않았다. 지금 식사를 차려 준다고 목으로 넘어갈지도 알 수 없었다. 그런 것보다 노조미 쪽이 마음에 걸렸다.

"……나도 학교에 가겠어."

"의미 없으니까 그만둬. 여기서 얌전히 기다리셔."

단칼에 잘렸다.

"그냥 앉아만 있으라고?"

"아니, 서 있어도 되는데. 넌 어차피 학교에 못 들어가잖

아. 교문 앞에 서 있든, 집에 앉아 있든, 그 차이밖에 없는 걸."

그렇게까지 말하면 간다고 우겨 봤자 떼쓰는 것에 불과하다. 아무래도 이 일은 사키에게 맡기는 수밖에 없을 것 같다. 아니, '이 일도'인가.

"파스타 괜찮지? 바로 만들어 줄게."

사키는 대답도 기다리지 않고 부엌으로 가더니 능숙한 손놀림으로 냄비에 더운 물을 받았다. 불에 얹은 다음 "끓기 전에 내려올게" 하고는 거실에서 나갔다. 계단을 올라가는 발소리가 들렸다. 계단으로 올라가 오른쪽 방, 내 쪽에서는 내 방이 여기서는 사키 방이라고 한다.

이미 전기 포트로 반쯤 끓은 상태였던 물은 사키가 돌아오지도 않았는데 김을 내뿜기 시작했다. 파스타가 부엌 어디에 있는지 대충 짐작은 가지만, 나는 손님의 본분을 지키기로 했다.

밑으로 내려온 사키는 세일러복을 입고 있었다. 모피 조끼며 검정 데님 차림만 봤던 터라 그런지 교복이 참 안 어울렸다. 그 학교 교복이라면 세일러복에 넥타이를 매야 할 텐데 사키는 넥타이를 하지 않았다. 서두르느라 그런 건지, 평소에도 원래 그러는지. 냄비가 펄펄 끓는 것을 보더니 "에구,

불 정도는 좀 꺼!"라며 부엌으로 달려갔다.

파스타를 만든다고 해서 요리를 할 생각인가 했더니, 사키의 '만들다'는 단순히 즉석 조리 파스타 소스를 데우는 것이었던 모양이다. 끓는 물에 페투치네 면을 넣고는 카르보나라 진공 포장 팩까지 같이 넣었다. 그러더니 휴대 전화를 꺼냈다. 내가 소외감을 느낄까 봐 마음을 써 주는 건지 문자를 입력하며 알려 주었다.

"지금부터 가면 노조미를 만날 수 있는 건 5교시 끝나고 나서니까, 미리 약속해 둬야지."

그렇군.

나는 일어섰다.

"화장실 좀 쓸게."

"아, 그래. 어딘지 알겠어?"

쓴웃음을 지었다.

"알아."

볼일을 보고 돌아오자 유리 탁자 위에 카르보나라 파스타가 떡하니 놓여 있었다. 내 쪽에서는 본 적이 없는 큰 접시에 아무렇게나 담았다. 모양새는 그렇다 치고 따뜻할 것 같다. 사키가 포크도 갖다 주었다.

"여기."

"어, 응, 고마워……."

통학용인지 검은 반코트를 걸치며 사키는 빠른 말투로 말했다.

"그럼 난 갔다 올게. 어머니는 아르바이트 끝나고 4시쯤 돌아올 테니까 그때까지 내가 안 오면 알아서 적당히 피해. 뭐하면 오빠 방에 숨어 있어도 돼. 뭐, 어쨌거나 그 전에 올 테지만."

알았다고 대답하려는데.

현관문이 열리는 소리가 났다.

가슴이 철렁했다. 아마 사키도 그랬을 것이다. 노골적으로 동요하며 뒤를 돌아본다.

"어, 어째서?"

사키가 중얼거리는 동안에도 발소리가 이쪽으로 다가왔다. 굵은 목소리가 들렸다.

"오, 누가 있냐?"

숨을 겨를이 없었다. 그 직후 거실에 나타난 사람은 다소 뚱뚱하고 다리가 짧은 남자.

……패턴은 대강 파악하고 있었다. 사키의 세계와 내 세계의 틀린 그림 찾기. 나는 막연히 어차피 그러려니 하고 있었다. 딱히 놀라지는 않았다.

그러나 정말이지, 살아 있건 죽었건, 사키의 세계에서나 내 세계에서나 거의 심술 수준으로 타이밍을 못 맞추는 인간이다. 포크를 한 손에 든 나와 외출 준비를 갖춘 사키를 차례대로 보더니…….

"누구냐, 이 녀석?"

사키에게 그렇게 물은 것은 내 형 사가노 하지메였다.

어휴, 진짜 타이밍 한번, 하고 사키가 중얼거리는 게 들렸다. 사키도 타이밍 못 맞추는 녀석으로 여기고 있을까. 당황한 것도 잠시, 사키는 곧바로 의연한 자세를 되찾았다.

"왜 오빠가 오는 건데!"

느닷없이 날아든 사나운 말에 형이 주춤했다.

"자기 집에 오면 안 되냐?"

"타이밍이란 게 있지!"

"뭐 곤란한 일이라도 하고 있었냐?"

이내 정신을 차린 형은 그렇게 말하며 징그러운 웃음을 지었다.

생각해 보면 내 쪽에서는 오랫동안 의식불명 상태로 누워 있다가 이틀 전 세상을 떠난 형이다. 살아서 말하는 모습을 이제 두 번 다시 못 볼 터였다는 것은 노조미와 똑같다. 그렇다면 내게 좀 더 따뜻한 감동 같은 게 있을 만도 한데.

하지만 그런 것이 있었다 해도 깨끗이 사라져 버렸다. 짜증 나고 저속한 그 웃음과 말로 인해. 형은 어깨를 으쓱했다.

"오늘 오후랑 내일 2교시가 휴강이라 남은 수업도 자체 휴강한 거야. 대학생은 고등학생하고 달리 융통성을 발휘할 수 있다고."

"그렇다고 집에 올 이유는 없잖아."

"이쪽 친구랑 마시기로 했다, 왜."

형은 묘하게 거들먹거리며 사키에게 말했다.

"그보다 너야말로 학교는 어쨌냐?"

"지금 갈 거야."

"이 녀석은 누구고?"

포크를 카르보나라에 꽂은 채 얼어붙어 형과 사키를 올려다보는 나를 흘끗 보더니 형이 물었다.

사키는 한숨을 쉬고는 쇼트커트 머리를 긁적였다. 그러더니 단숨에 늘어놓았다.

"얘는 노조미 옛날 애인이야. 알지, 스와 노조미? 요코하마에서 이사 온 애. 노조미가 요코하마에서 사귀었던 애인데, 사정이 있어서 주말에 이쪽으로 왔었어. 그런데 기차를 놓쳐서 일요일에 못 갔다고, 노조미가 돌봐 달라고 부탁해서

점심 차려 준 거야!"

그 이야기, 방금 머리를 긁적이는 사이에 지어냈나? 과연 상상력을 자랑할 만하다. 나는 그럭저럭 사키의 이야기에 맞춰 줄 수 있었다.

"폐를 끼쳐 죄송합니다. ……오빠분이신가요?"

'오빠분이신가요?'라니 내가 생각해도 능청맞다. 어디를 어떻게 봐도 사가노 하지메다. 다만 내가 마지막으로 본 모습보다 훨씬 뚱뚱한 것 같다.

사키가 제시한 이야기로는 어째서 학교까지 빠지면서 사키가 나를 돌봐 주는지 설명이 안 될 것 같은데, 형의 소박한 두뇌는 그런 의문을 깨닫지 못한 모양이다. 그래, 하고 중얼거리더니 내게 의례적인 웃음까지 지었다.

"멀리서 오느라 고생 많았겠어. 점심이 사키가 한 요리라나 안됐네."

즉석 조리 식품에 요리고 자시고 할 게 있나. 하지만 나도 예의 바르게 태도를 꾸몄다.

"맛있게 먹고 있어요."

사키는 나를 보고, 형을 노려보고, 벽시계에 눈을 주었다. 그러더니 또다시 나와 시선을 맞추었다. 뭔가 묻고 싶은 듯한 눈빛을 나는 하지메와 둘이 있어도 괜찮겠느냐는 뜻으로 읽었다. 솔직히 그런 사태는 절대 사절이었지만, 여기서 사키를 붙들어 놓을 마음은 나지 않았다. 어떤 상황인지는 몰라도 사키는 노조미의 사고를 막으려 하고 있다. 그것을 방해할 수는 없다. 나는 조그맣게 고개를 끄덕였다.

사키는 내 동작을 확인하고 큰 소리로 말했다.

"그럼 난 학교 갔다 올 테니까 료, 편히 있어!"

사키가 달려 나가고 거실에는 형과 나만 남았다. 기껏 먹게 된 카르보나라가 식는 게 아까워 나는 형의 시선을 신경 쓰면서도 포크로 파스타를 말았다. 그나저나 하여간 무시무시하게 타이밍이 안 맞는다. 사키가 내게 카르보나라를 만들어 주지만 않았으면 나는 모른 척하고 이 집에서 나갈 수 있었을 텐데. 눈앞에 점심 식사가 준비되어 있던 탓에 이것을 어떻게 하기 전까지는 심지어 거실에서도 못 나간다.

형은 묘하게 비뚜름한 웃음을 지었다.

"하여간 여전히 소란스러운 녀석이군."

나는 잠자코 포크를 입으로 가져갔다.

그나저나 용케 이렇게까지 죄 다르다 싶다. 형까지 무사하다니 어처구니없다.

내 쪽에서 사가노 하지메는 한마디로 말해 평범함의 극치를 달린 끝에 자폭했다.

비참한 가정 환경의 희생자라는 캐릭터에 온몸으로 도취되어, 그것을 벌충한답시고 순애 비슷한 것에 손을 댔다. 하지만 타고난 범용함 탓에 그것도 망치고, 심기일전해서 이번에는 입시 공부에 몰두했는데 그것도 실패했다.

형이 싸지른 명언 중 1위에 빛나는 것은 뭐니 뭐니 해도 '어른은 못 믿겠어!'인데, 그에 필적하게 웃기는 대사를 입시에 실패했을 때 내뱉었다. '난 맘만 먹으면 할 수 있는 사람이야'란다, 글쎄. 타인이 무의미한 격려로 하는 말이라면 또 몰라도 자기 입으로 말한다는 점이 멋지다. 그것도 몇 번씩 중얼거렸다. 형의 강렬하리만큼 꼴사나운 모습, 그리고 일부러 저러나 싶을 만큼 몰개성적인 행동은 내게 깊은 감명을 주었다.

형의 자기 연민도, 가족과 애인, 입시로 제한된 좁다란 세계도, 평범하기 짝이 없으면서도 근거 없이 강한 자존심조차 너무나도 진부해서 나는 형을 볼 때마다 내심 비웃었다. 노조미를 잃은 뒤 거의 유일하게 마음을 풀 수 있는 시간이었다 해도 될 것이다.

그러더니 형은 재수생 생활중 하겠거니 했던 일을 했다. '자아 찾기 여행'이다.

어머니에게 충분한 자금을 받아 내서 여행을 떠나더

니…… 돌아오지 않았다.

간단하다. 가나자와를 출발한 지 겨우 두 시간 만에 8번 국도에서 단독 사고를 일으켜 그 이후로 의식을 되찾지 못했다. 물론 나도 처음에는 형을 불쌍히 여겼다. 하지만 회복될 가망이 없는 채 두 달, 석 달이 흐르자 이제 그만 되지 않았나 싶었다. 나날이 강해지는 '형은 이제 됐고' 하는 마음에 나는 어두운 기쁨과 섬뜩함을 느꼈다. 다만 이 점에 관해서는 사가노가에서는 흔치 않게 나와 아버지, 어머니가 같은 인식을 공유했던 것 같다.

……언제부터였을까. 형을 경멸하는 것을 멈출 수 없게 된 것은. 싫어하기만 하지는 않았을 텐데.

눈앞의 형은 평화스럽게 실실거리고 있다.

딱히 그의 잘못은 아니다. 나와 형은 오랜 세월을 들여 경멸을 키워 온 것이고, 방금 처음 만난 이 사가노 하지메와는 아무런 갈등도 없으니 말이다. 그래도 어쩐지 마음이 석연치 않은 것은 어쩔 수 없다고 생각한다.

인스턴트 카르보나라는 맛있지도 맛없지도 않았다. 나는 담담히 포크로 말아 입으로 가져가는 작업을 반복했다.

"맛있겠네."

형은 건성으로 그런 말을 하더니 카펫에 책상다리를 하고 앉았다. 리모컨에 손을 뻗어 텔레비전을 켰다. 계속해서 채널을 돌리다가 개그맨의 요란한 웃음소리가 들려온 채널이 나오자 리모컨을 내려놓았다. 그러고는 그쪽을 보지도 않고, 그렇다고 나와 똑바로 눈을 맞추는 것도 아닌 어중간한 시선으로 말했다.

"……우리 어디서 만난 적 없냐?"

나는 손님답게 공손히 대답했다.

"없는 것 같은데요."

"그래? 어디서 본 것 같은데…… 연예인 누구 닮았단 말 혹시 들어 봤냐?"

나는 엷게 웃었다.

"아뇨."

형은 팔짱을 끼더니 의례적인 웃음을 지으며 고개를 갸웃거렸다.

"누구지? 엄청 낯이 익은데. 누굴 닮은 것 같은데."

분명 외할아버지일 것이다. 친척 중에서 외할아버지를 가장 많이 닮았다. 또 형제다 보니 형과 비슷하게 생겼다는 말도 들어 봤다. 지금 형에게 '형을 닮았는데요'라고 말한들 납득하지 않을 것이다.

담담히 파스타를 먹는 나는 아무리 봐도 이야기를 할 의욕이 별로 없어 보였을 것 같은데, 형은 대화의 실마리를 찾았다고 생각했나 보다. 책상다리 자세로 몸을 조금 앞으로 내밀었다.

"요코하마에서 왔다고? 멀지?"

"그렇죠."

"나, 요코하마에 가 본 적이 있거든."

내 쪽 형은 아마 없었을 것이다. 조금이나마 관심이 동했다. 동시에 나는 가 본 적이 없는 터라 거짓말이 들통 날까 봐 경계했다.

"그러세요?"

형의 말투에 다소 자랑하는 듯한 느낌이 섞였다. 익히 들었던 말투다.

"요코 국립 칠까 했거든. 오픈 캠퍼스에 갔었지."

요코 국립이 뭔지 몰라 당황했다. 그게 뭐냐고 물어볼 수도 없다. 하지만 오픈 캠퍼스라는 말로 대충 이해했다. 요코하마 국립 대학일 것이다.

형은 자존심이 센 탓에 매번 자기 실력 이상의 대학에 원서를 냈다. 가나자와에서도 딱히 최고 수준이라 할 수 없는 고등학교에 다니고, 그것도 최상위권과는 거리가 먼 성적이면서 도쿄대며 교토대라니 하여간 병신이 따로 없다 싶었다.

이쪽 형의 현실 인식은 그보다는 나은 듯하다. 하지만 결국 떨어진 대학 이름을 처음 만난 사람에게 말해서 뭘 어쩌겠다는 말인가.

"좋은 곳이죠?"

"으음, 놀러 간 게 아니었으니 말이지."

무난하게 대답하자 기뻐하는 표정으로 말한다. 텔레비전에서 또다시 요란한 웃음소리가 들려왔다. 나는 파스타를 입으로 가져갔다.

형은 침묵을 두려워하듯 말을 이었다.

"요코하마에서 일부러 옛날 여자 친구를 만나러 온 거냐?"

스와 노조미는 중학교 1학년 때 가나자와로 왔으니 '옛날'은 초등학생 시절이라는 뜻이 된다. 대체 어디의 어떤 인간이 초등학교 시절의 사랑 내지 그 비스름한 것을 위해 일본 열도를 횡단한다는 말인가 싶지만, 형은 그게 얼마나 이상한 일인지 알아차리지 못하는 듯했다. 아마 여동생의 친구라는 존재에 사실 관심이 없는 것이리라.

형의 얼굴에 저속해 보이기도 하는 웃음이 떠올라 있었다.

"먼 데서 힘들겠어. 역시 그거냐? 다시 사귀자고 온 거냐?"

아무런 감개도 없이 형 쪽으로 얼굴을 향했다. 무표정한 얼굴을 어떻게 해석했는지 형은 웃으며 손사래를 쳤다.

"아니, 됐어! 말 안 해도 돼. 미안하다. 물어볼 게 아닌 걸 물었나 보지."

기분 탓인지 혀로 입술을 핥는 것처럼 보였다.

"뭐, 나한테도 좋은 애가 있었거든. 지금은 헤어졌지만. 그러니까 네 기분도 이해한다. 그렇지만 내 경우엔 그것도 좋은 경험이었다 싶단 말이지. 조금은 어른이 됐나 싶고. 평소 생활하면서는 미련이란 게 별로 안 느껴지잖냐? 그 점에서 난……."

나는 속으로 귀를 틀어막았다. 주책없이 시작된 형의 이야기는 어차피 한 푼의 값어치도 없을 게 분명한데, 그런 것을 듣느라 기껏 사키가 데워 준 파스타가 식으면 아깝다. 물론 나는 손님이니 손님답게 진지한 얼굴로 고개를 끄덕이고 했지만, 실제로는 완전히 흘려들었다. 형의 장황한 '나의 연애론'은 역시 생각대로 고스란히 오른쪽 귀에서 왼쪽 귀로 빠져나갔다.

"……헤어질 때는 남자 쪽이 미련 없고 헤어지고 나선 여자 쪽이 바로 잊어버린다더니, 실제로 내 경우도……."

파스타를 먹었다. 이것을 다 먹으면 나는 이 자리에서 벗어날 수 있다.

형은 "내 말 듣는 거냐?" 하고 묻지 않았다. 받아들이는 게 장기인 나는 듣는 척하는 것도 장기다. 처음 만난 상대방에게 낯가림도 안 하고 주절거리는 속셈도 뻔히 들여다보였다. 사가노 하지메가 볼 때 나는 연하인데다 여동생에게 신세를 진 처지다. 입장이 약한 것이다. 그런 상대방에게 일방적으로 이야기를 계속하면 꽤나 만족스럽겠지!

……이게 아닌데.

색안경을 못 벗겠다. 나는 왜 이럴까. 내가 만약 지금 당장이라도 원래 세계로 돌아가면 사가노 하지메라는 인간과 두 번 다시 이야기를 못 하게 될 것이다. 형은 별반 불쾌한 이야기를 하는 것도 아닌데 왜 이렇게 신경에 거슬린다는 말인가.

이따금 고개를 끄덕이며 천천히 파스타의 양을 줄여 나가는 나를 형은 보아하니 우수에 젖었다고 받아들인 모양이다. 자기 이야기를 실컷 늘어놓은 끝에 괜히 친한 척 어깨를 치며 이렇게 말했다.

"뭐, 좀 더 어른이 되면 너도 좋은 경험이었다고 생각하게 될 거다."

대다수의 사람은 남에게서 빌려 온 말로 이야기한다. 사키도 그런 멍에에서 자유롭지 못할 것이다. 하지만 빌린 말을

자랑스레 남 앞에 내놓는 것에 대해 최소한 일말의 부끄러움
도 못 느끼나?

나는 부끄럽다. 형을 보면서 늘 그렇게 생각했다.

그렇기에 나는 별로 길게 이야기하지 않는다. 그래, 그러
고 보니 그랬다. 잊을 뻔했는데 내가 긴 이야기를 하지 않는
것은 형처럼 되고 싶지 않아서였다.

왜 형이 신경에 거슬리는 걸까.

사키라면 뭐라고 말할까. 나는 어느새 먼저 그런 생각부터
하게 되었다.

텔레비전에서 여자의 요란한 웃음소리가 들려왔다. 아무
도 보지 않는데 프로그램은 계속된다.

형이 바싹 다가앉았다.

"그건 그렇고……."

목소리까지 낮춘다. 하지만 괴상한 히죽 웃음은 완전히 사
라지지 않았다.

"사키 말인데."

공연히 심각한 척한다.

"그 녀석, 자기가 돌봐 줬다고 했는데 오히려 폐 아니었
냐?"

"……."

제4장 녹색 눈

279

"그 녀석은 그게 영⋯⋯."

팔짱을 끼고 언짢은 표정을 짓고 있다. 나는 먹기를 멈추고 조용히 물었다.

"영, 뭐죠?"

"오지랖이 넓어서 말이다."

그것뿐이라면 '그렇죠' 하고 말할 수 있다. 사키는 아닌 게 아니라 그런 면이 있다.

"쓸데없는 일에 너무 많이 끼어들어. 뭐, 비록 동생이긴 해도 바보는 아니라고 생각하지만. 남을 휘두르면서 자기가 그러는 줄 모르는 무신경한 부분이 있지. 그 녀석이 나서는 바람에 귀찮았다면 내가 대신 사과하마."

장난스럽게 머리를 숙였다.

그 머리를 내려다보며 나는 입 다물고 있어야 할지 잠시 생각했다. 물론 손님으로서는 아이고, 아닙니다, 제가 감사하죠, 라고 해야 할 것이다.

그러나 나는 말해 주고 싶었다. 만약, 만약 사키가 없었다면⋯⋯. 사키 대신 내가 태어났다면 댁은 죽었을 것이다. 그런데 그런 사키를 대신해 사과하다니 정말 웃기는 일을 다 보겠다. 굳이 말하자면 사과는 내가 해야 하지 않겠나.

하지만 그런 말을 할 수는 없다. 나는 대신 파스타를 내려다보며 나지막이 말했다.

"아닙니다. 사…… 사가노 선배는 걸물입니다. 대단한 사람이에요.

전요, 노조미 곁에, 스와 노조미 곁에 있는 게 사가노 사키라 다행이라고 생각합니다.

제가 아니라 정말 다행이라고, 그렇게 생각합니다."

형은 어리둥절한 표정을 지었다. 입장이 약할 내가 상투적인 대꾸를 하지 않은 게 뜻밖이었을 것이다. 그러나 이내 갑자기 기분이 상해선 입술을 삐죽 내밀었다.

"그런 말은 하면 안 되지."

"……."

형은 어리석은 어린애를 타이르듯 말했다.

"내 말 잘 들어. 뭔 일이 있었는지는 모르지만 착각하면 안돼. 사람마다 각자 다른 장점이 있는 거야.

뭐, 아닌 게 아니라 내 동생은 똑똑해. 쓸모 있는 녀석이지. 머리가 좋고 대인 관계에 능한 걸로는 못 당할지도 몰라. 하지만 그렇다고 네가 비굴해질 필요는 없는 거야. 너한테도 내 동생보다 나은 점이 분명 있을 거라고. 아니, 그뿐 아니라 누구나 다른 사람한테는 없는 개성이 있는 법이야.

넌 너일 수밖에 없어. 너만 할 수 있는 방법으로 그 뭐라나

하는 애를 대하면 되지 않겠냐."

……그래. 형이 할 수 있는 말은 이 정도가 최선일 것이다.

이제야 똑똑히 말할 수 있다. 나는 이쪽 사가노 하지메도 못 받아들이겠다고. 사는 방식도, 경험도, 갖는 감상조차 얄팍한 남자, 출중한 일은 평생 무엇 하나 하지 못할 이 녀석의 어디에 사는 보람이 있다는 말인가. 남의 말을 그럴싸한 표정으로 주워섬기다니 바보 같다. 자기가 얼마나 아무 생각 없는지도 모르고 남에게 훈계를 하려 들다니 가관이다. 나는 속으로 형을 실컷 경멸했다.

그런데 어째서일까.

여느 때처럼 속이 후련해지지 않았다.

그릇은 이제 거의 비었다. 접시를 들고 마지막 남은 파스타를 쓸어 넣은 다음, 나는 좋은 이야기를 들려준 형에게 웃으며 말했다.

"죄송한데 이만 가 봐야 해서요. 동생분께 어제 거기 있겠다고 전해 주세요."

"아, 가려고?"

일어나려는 형을 손으로 만류했다. 접시를 싱크대로 내가고, 웃는 얼굴로 손님답게 떠나려 했다.

내 형, 사가노 하지메는 독기가 빠진 것처럼 어안이 벙벙

보틀넥
\
282

한 얼굴이었다. 텔레비전은 아직 나오고 있다.

"급한 볼일이라도 있냐?"

이야기 상대가 필요한지 미련이 남는 표정으로 묻는 형에게 나는 한마디를 남겼다.

"아뇨. ……저, 텔레비전 싫어하거든요."

\3\

겨울은 해가 일찍 진다.

빠른 속도로 땅거미가 지는 강변 공원에서는 조금 전까지 공을 갖고 놀던 아이의 모습도 어느새 사라지고 없었다. 그러나 자스코 근처인 이곳은 결코 인기척이 없지도, 고요하지도 않았다. 특별한 점이 아무것도 없는 곳에서 나는 사키를 맞았다.

주황색 스쿠터에서 내린 사키는 사이드 미러에 헬멧을 걸쳐 놓고 별로 멋있지 않은 윈드브레이커도 벗었다. 세일러복 치마가 북풍에 나부꼈다.

아직 거리가 떨어져 있는 곳에서부터 사키가 다가오며 물었다. 영 석연치 않다는 어투다.

"집에서 기다리지 왜? 안 그래도 추운데 너 감기 기운 있잖아."

보아하니 쓸데없는 걱정을 끼친 모양이다.

"미안해."

"오빠랑 둘이 있는 게 역시 거북했던 거야?"

마음을 써 준다. 나는 모호하게 웃었다.

"댁의 오빠 잘못이 아냐. 나랑 내 형은 원래 잘 안 맞거든."

"그래⋯⋯."

"말하는 걸 듣고만 있어도 화가 치밀어. 내 쪽에선 형은 이제 없어. 몇 달 만에 만난 거고 나름대로 친절하게 대해 줬는데, 난 왜 제대로 이야기도 못 하는지⋯⋯."

자리를 뜬 것은 후회하지 않았다. 실제로 도망치고 싶은 마음뿐이었다. 그러나 생각해 보면, 아무리 동생이 아는 사람이라지만 처음 보는 상대방과 자기 집 거실에서 대화를 나누려 했다는 것은 상당히 도량 있는 일이 아닐까. 한 푼 값어치 없는 이야기여도 형은 나를 위로해 주려 하지 않나.

그런데 어째서 그렇게 신경에 거슬렸을까.

나와 형의 대화를 전혀 듣지 못했을 텐데도 사키는 그다지

흥미 없다는 투로 딱 한마디 했다.

"닮았으니까 그렇겠지."

"……."

"아무튼 앉아. 오빠에 관해서 혹시 할 이야기가 있으면 나중에 들을게. 지금은 노조미 쪽이 신경 쓰일 거 아냐?"

맞는 말이다. 노조미 생각을 하고 싶은 때 끼어들어 심란하게 하다니 형은 정말 타이밍을 못 맞춘다.

사키는 우울해하지도, 기세등등하지도 않았다. 적어도 노조미에게 위험한 일이 벌어지지 않았다는 증거라 봐도 될 것이다. 사키를 보자 그 점에 관해서는 비교적 안심이 됐다.

어제도 앉았던 벤치는 크기가 조금 작다. 그곳에 앉으니 사키도 곁에 와서 앉았다. 어깨가 맞닿을 것 같고 꽤나 좁게 느껴진다. 하지만 사키는 별로 신경 쓰지 않는 듯 잠시 강물을 바라보는가 싶더니 그늘진 목소리로 말을 꺼냈다.

"내 생각이 맞았어. 걔, 정말 뒤틀린 애야."

치마 주머니에서 주먹 쥔 손으로 뭘 꺼냈다.

"소름 끼쳐."

주먹을 펴자 하얀 정제 한 알이 나왔다. 짚이는 데가 있었다.

"그거…… 어제 내가 노조미한테, 아니 후미카한테 받은 민트?"

"그래 보이지?"

찬 바람을 맞아 뻘게진 손바닥을 내밀어 사키가 내미는 정제를 받았다.

"잘 봐."

자세히 살펴보았다. ……평범한 흰 정제인 줄 알았는데, 말을 듣지 않았다면 결코 깨닫지 못했을 만큼 희미하게 표면에 뭐라 새겨져 있었다.

"글씨가 있는데."

세 자리 숫자. 147. 그리고 동그라미 속의 세모 마크.

……설마?

"독약이라고?"

사키가 어이없다는 듯 말했다.

"그럴 리 있니? 그럼 진짜 살인자잖아."

내 쪽 노조미가 실제로 '살해됐다'는 사실을 잊었나. 사키는 내 손 안의 정제를 가리키며 말했다.

"수면제야."

다시금 바라보았다.

"……수면제."

"보통 처방해 주는, 별로 강력하지 않은 타입이래. 십중팔구 그런 거겠지 싶어서 정신 의학 쪽에 밝은 친구한테 보여 주고 알아봐 달라고 했더니, 금세 알아내더라고."

그래, 수면제라는 것은 알았다. 하지만 그래서 뭐가 어떻다는 뜻인지 몰라 멍청한 표정으로 사키에게 묻지 않을 수 없었다.

"그래서 이게 뭐?"

사키는 한숨까지 쉬었다.

"너 진짜 상상력 없다."

"……."

"이거, 아까 네가 알아차린 것처럼 노조미의 민트 케이스에서 발견됐다고. 딱 한 알만 이거였어.

어제 있었던 일을 떠올려 봐. ……노조미는 이걸 언제 먹는다고 했지?"

그것은 기억했다. 노조미는 아침에 약하다. 그 때문에…….

"아침."

"그래. 후미카가 그러라고 권해 댔잖아?"

그랬다.

그 말은 즉, 노조미는 아침에 일어나자마자 금세 수면제를 먹게 될 수도 있다는 뜻이다. 하지만 그래서 뭐?

지난 사흘간 나는 생각을 포기하는 법을 배웠다. 내가 뭘 생각해 봤자 결국 소용없다. 그렇다면 답을 가르쳐 달라고 하는 편이 낫다. 이끌어 주는 대로 따라가는 게 편하다. 입을 열지 않는 내가 짜증 나는지 사키는 큰 목소리로 말했다.

"아이 참, 상상해 보란 말이야! 아침에 잠이 깬 노조미가 이걸 먹어. 하지만 약효가 그렇게 금세 나타나진 않거든. 시간이 걸려. 노조미는 학교로 갈 거 아냐? 지금 노조미가 학교 다니는 길이 어떤 상태인지 너도 알잖아?"

그것은 안다. 그래, 어저께……

"우리가 자전거를 달린 은행나무 길."

내 쪽에서는 도로 정체가 만성화되어 그 때문에 다쓰카와 식당의 할아버지가 거동을 못 하게 된 길.

사키의 얼굴에 겨우 만족스러운 표정이 떠올랐다.

"노조미는 그 길을 이 끝에서 저 끝까지 걸어서 학교로 가. 하지만 지금 그 길은 위험해. 내가 사고를 일으켜 나무를 베어 버리는 바람에 교통량이 늘어서, 특히 아침저녁으로 얼마나 조마조마한데. 그런 곳에서 약효가 나타나서 노조미가 정신이 몽롱해지면……"

등이 움찔거렸다.

불확실한 장난. 작은 심술. 수십 알 있는 민트 중에 수면제가 단 한 알. 후미카는 진심이 아니다. 진심으로 노조미에게 해를 끼치려는 게 아니다. 그저 노조미가 불행해질 확률을 아주 조금 높여 보는 것뿐이다.

그런 장난 같고 모호한, 걷히고 나면 단숨에 사라지는 안개 같은 악의가 내 손 안에 있다.

그래, 이게…….

뿌옇게 안개가 낀 머리로 비로소 이해했다. 이것이 '꿈의 칼'이다. 내 노조미를 죽인 것. 사키는 보기 좋게 그것으로부터 노조미를 지켰다. 게다가 이번이 두 번째다.

나는 사키를 올려다보았다. 하여간 대단한 사람이다. 관찰력이 정말 뛰어나다. 상상력이 풍부하다는 것은 본인도 주장하지만, 그것을 확인할 행동력까지 갖추었다. 운도 좋다. 사가노 사키는 앞으로도 이렇게 다른 사람을 도우며 살아갈 것이 틀림없다.

분명 사키가 스와 노조미를 평했던 말도 옳을 것이다.

사키는 시선을 강물로 되돌렸다.

"어제 후미카가 왔을 때 이상하다 싶었어. 아까도 말했지만 지금까지 후미카가 일부러 가나자와까지 노조미를 만나러 왔던 건, 내가 알기로 노조미한테 불행한 일이 있었을 때뿐이었거든. 하지만 지금은 아무 일 없는데. 게다가 한 일로 말하자면 민트를 권한 것뿐이야. 후미카도 드디어 정신 차렸나 싶었는데.

상상도 해 봤어. 지금 노조미한테 무슨 일이 벌어진다면 그게 뭘까. 그랬더니 차가 늘어나서 매일 위험하다고 했던 게 생각나더라고. 만약 후미카도 그 말을 들었다면, 게다가 그게 내가 사고를 당했던 길이라는 걸 안다면, 붕대를 칭칭 감은 사진을 또 찍을 기회라고 생각할지 모르겠구나. ……하지만 상상치고는 좀 대담하잖아. 아무리 그럴 리가 싶었어."

그러고는 모호한 웃음을 내게 지어 보였다.

"네가 도진보에서, 너희 세계의 후미카가 어디까지 할 작정이었는지 가르쳐 주지 않았다면 서둘러 확인해야겠다는 생각까진 안 했을 거야.

……너한테는 미안하게 됐어. 기껏 단서가 있을지도 모르는 곳까지 갔는데 바로 끌고 돌아왔으니."

나는 말없이 고개를 흔들었다. 나는 그저 사키를 따라왔을 뿐이다.

게다가 봐야 할 것은 벌써 다 봤다. 이 세계의 패턴도 파악했다.

이제 되지 않았나.

"그 약, 버려도 돼."

사키의 말에 나는 고개를 끄덕였다.

물론 이것은 후미카의 악의를 입증하는 증거다. 법률로 어떻게 할 문제는 아니겠지만, 이것을 노조미에게 보여 주며 '후미카를 조심하라'고 말할 수는 있다. 또는 후미카를 깨부수는 재료로 사용할 수도 있을 것이다. 나 같으면 버리지 않는다.

하지만 사키에게는 분명 나름의 생각이 있을 것이다. 버려도 된다고 했으니 필요 없는 물건이다. 나는 생각하기를 그만두고 따르기로 했다.

약을 멀리 던졌다. 흰 정제는 어둠 속에 가라앉은 아사노가와 강으로 사라졌다.

몸이 차다. 의식도 조금 몽롱한 것 같다.

"……너, 이제 어쩔 거야?"

문득 질문을 받고 입을 열려 했으나 아무런 말도 나오지 않았다.

"도진보에 다시 갈래?"

이 말에는 또렷하게 고개를 흔들 수 있었다. 이제 삼십 분도 못 돼서 날이 저물 것이다. 지갑에는 돈이 없다. 게다가 무엇보다도…….

사키는 냉랭한 것 같으면서 어딘지 모르게 온기가 남아 있는 딱딱한 목소리로 말했다.

"그럼 오늘 밤은 우리 집에서 자. 토요일에 처음 만났을 때에 비해 너 좀 야위었어. 밥도 제대로 못 먹었지?"

그렇지는 않다. 원래 세계에서 먹던 것과 별 차이 없다.

"오빠가 돌아와서 이것저것 귀찮긴 해도 이부자리 하나쯤은 어떻게 될 거야. 그러고 내일 도진보에 가면 되잖아."

나는 잠시 어물거렸다.

"아니…… 됐어. 도진보에도 이젠 안 갈 거야."

"뭐?"

사키가 눈을 크게 뜨고 내 옆얼굴을 뚫어져라 쳐다보았다.

"왜? 단서가 있다면 거기 있을 거 아냐."

단서라.

나는 벌어진 일을 그대로 받아들일 수 있다. 그게 아니더라도, 다른 가능 세계로 오게 됐다는 것은 이해하려 들기에는 너무 터무니없는 현상이다. 이해의 범위를 뛰어넘는 현상에 대해서는 누구든 받아들이는 것밖에 달리 할 수 있는 일이 없다.

하지만 지금 나는 비로소 그에 대해 생각하고 있었다. 나는 어째서 이곳에, 사가노 사키의 세계로 오게 됐을까.

단서. 원래 세계로 돌아가기 위한. 그렇지만 애초에…….

"돌아가고 싶을 거 아냐?"

사키의 물음에 나는 이렇다 저렇다 대답할 수 없었다.

"……돌아가기 싫어?"

그 물음에도 고개를 끄덕일 수 없었다.

원래 세계. 내 세계. 스와 노조미는 죽고, 아버지와 어머니는 어떻게도 할 수 없는 상황에, 형까지 죽은 세계. 돌아가면 형의 장례식에 참석하지 않았다고 얼마나 욕을 먹을까. 그리고 그 뒤로도 또 얼마나 욕을 먹으며 살아야 할까. 내게는 그게 보통이었다. 그게 당연한 일이었기에 딱히 괴롭지 않았다. ……노조미에 관해서도 드디어 체념할 수 있었다.

하지만 말할 것도 없다.

그렇지 않은 세계를 이렇게 보고도 나는 견딜 수 있을까?

춥다. 입술을 깨물었다.

"애."

걱정스러운 듯한 사키의 시선.

"됐으니까 같이 가. 따뜻한 거 먹게 해 줄게. 너 돈 없잖아? 안 가겠다지만 그럼 대체 어쩌려고?"

"……."

"돌아가기 싫다면 그래도 상관없어. 어차피 돌아가려 한다고 돌아갈 수 있다는 보장도 없으니까. 네 이야기를 들으면서 안 돌아간다는 선택도 있지 않을까, 내내 생각하고 있었어.

하지만 그거하고 별개로 오늘 밤은 추워. 하루 정도는 내

말 들어. 앞으로 어떻게 할지에 대해서도 같이 생각해 줄게."

나는 웃었다. 아마 무척 메마른 웃음이었을 것이다.

"아니, 그것만은 싫어.

여기를 떠나겠어. 되도록 멀리 갈 거야. 이제 만날 일은 없겠지."

사키는 잠시 할 말을 잃은 듯했다.

"멀리 가다니. 너 뭘 생각하는 거야?"

"……아마 아무것도."

눈살을 찌푸리고, 언성을 높인다.

"그래! 멀리 간들 돈 한 푼 없는 주제에 대체 뭘 어쩌려고? 뭣보다 너, 상상하고 있는 거니? 넌 호적도 신분증도 없다고. 작전을 잘 짜지 않으면 앞으로 어떻게……."

나는 스스로도 뜻밖일 만큼 담담히 끼어들었다.

"댁이야말로 상상해 봐."

"……뭐?"

"나한테 지난 사흘이 뭐였는지. 난 이 거리에 절대로 못 있어."

"왜?"

"왜라니, 그야 당연하잖아."

날이 저물어 간다.

"댁이 있으니까."

끝까지……

끝까지 말하지 않으려고 했는데. 그게 최소한 내 마지막 자존심이라고 생각했건만. 무심코 말하고 말았다. 이제 자존심 따위 남아 있지 않은 게 틀림없다.

일단 시작하고 나니 말이 끝날 때까지 멈춰지지 않았다.

"그저께 댁이 그랬지. '틀린 그림 찾기'를 하자고. 집 거실에서.

하지만 틀린 건 거실에서 끝나지 않았어. 거리로 나가 보니 액세서리 가게는 남아 있고, 우동집 할아버지는 건강했어. 게다가 말할 것도 없이 노조미가 살아 있었어. 그리고 이 말은 안 했는데, 내 세계에선 형이 죽었어. 그런데 이쪽은 살아 있었어. 내 쪽에서 형은 자존심을 주체 못 하고 무모한 대학 입시에 도전했다가 실패한 끝에 자아를 찾는 여행에 나섰는데, 이쪽 형은 어때? 대학생이지? 어디 다른 데서 하숙하지만 가나자와로 쉽게 돌아올 수 있는…… 후쿠이 아니면 도야마?"

"……도야마야."

"형의 대학 입시 결과까지 달라진 셈이야. 이것도 두 세계의 '틀린 그림' 중 하나지.

그럼 어째서 이렇게 됐나? 틀린 부분이 발생한 원인은 뭐지?

댁은 상상력이 자랑거리야. 나보다 훨씬 일찍부터 그걸 알아차렸던 거 아냐?

아니, 나도 처음부터 깨닫고 있었어. 이틀 전부터 알고 있었어. 만약 틀린 부분이 있다면 그건······."

숨을 삼켰다. 뻔한 결론인데도 그것을 말하는데 입술이 저렸다.

"나라는 걸."

병은 좁아진 목 부분이 물의 흐름을 방해한다.

그에 빗대어 시스템 전체의 효율 개선을 저해하는 부분을 보틀넥이라 부른다.

틀린 것은 사키가 태어나지 않았다는 사실. 사가노가에 태어난 둘째 아이가 사키가 아니라 료였다는 사실 그 자체.

사흘에 걸쳐 차츰 알게 된 이 세계의 패턴. 어떤 국면에서나 내 세계보다 사키의 세계 쪽이 더 좋아져 있다는 것. 사키는 의식적으로 사가노가를 구하고, 무의식중에 다쓰카와 식당의 할아버지를 구했다. 무엇보다도 노조미를 향한 악의를 상상력으로 간파하고 물리쳤다. 내 쪽에서는 노조미의 집에 이제 아무도 살지 않는다. 재산을 잃고, 아내를 잃고, 딸까지 잃은 노조미의 아버지는 살아 있는지 아닌지조차 알 수 없다.

사키가 아무 일도 아닌 것처럼 누리는 것은 모조리 내가 영원히 잃은 것들이다.

내가…….

내가 태어나지 않았다면 좋았을 텐데.

그것을 온갖 각도에서 몇 번이고 통감해야 했던 사흘간.

"잔인한 이야기야. 댁한테 그럴 마음은 없었을지 몰라도 댁은 내 모든 게 틀렸다는 걸 증명했어. 예컨대 댁은 단 한마디로 집에서 내가 즐겼던 유일한 오락의 정체를 폭로했지."

"애, 대체 무슨……."

"형 말이야."

사키는 도진보에서 말했다. 자신의 열등감을 타인에게 투영하고 경멸하면서 후련해하는 것도 일종의 저질이라고, 나는 사키가 무심코 한 그 말을 기억하고 있었다. 그렇기에 조금 전 거실에서 아무리 형을 얕봐도 속이 풀리지 않았다. 이제는 알고 있다. 내가 형을 업신여겼던 것이 바로 사키가 말하는 저질이었음을. '닮았으니까 그렇겠지.' 핵심을 찌르는 한마디를 용케 그렇게 아무렇지도 않게 할 수 있다.

"그것만이라면 별거 아니야. 하지만……."

부르쥔 주먹이 아팠다.

"……노조미에 관해서조차. 짧기는 했어도 노조미하고 보낸 시간만은 진짜였다고, 난 그렇게 생각하며 살아왔는데."

노조미를 살리는 것도 가능했다. 아닌 게 아니라 그 사실에 직면해야 했던 것은 고통스러웠다.

하지만 그보다 더 잔인한 것은, 내가 노조미와 보낸 시간의 진짜 의미를 사키가 폭로한 것이었다. 내가 살아온 단조로운 시간 속에 노조미를 사랑했던 것 하나만은 가치 있는 일이라고 생각했다. 하지만 사키의 사람 보는 눈이 정확하다는 게 입증된 지금, 시간이 그로테스크하기조차 했음을 알았다.

사키는 말했다. 노조미는 그날 이 공원을 지나다가 말을 걸어 준 사람을 모방하는 것뿐이라고.

그 말이 옳다면 내가 사랑했던 노조미는 무엇이었나?

내가 사랑했던 것은 내 거울상이다.

애초에 내 감정은 사랑조차 아니었다.

뒤틀리고 일그러진 자기애였다.

사키가 한 말은 요컨대 그런 뜻이다.

사키는 총명하다. 짤막하게 흘린 말로도 바로 자신이 무슨 말을 했는지 알아차린 듯했다.

"나…… 난……."

"댁 잘못이 아냐."

"너도 무슨 잘못을 한 게 아니잖아!"

그렇지.

궁여지책이나 다름없는 사키의 위로는 아닌 게 아니라 옳다. 나는 내 세계에서 아무 잘못도 하지 않았다.

메마른 웃음은 자조처럼 내 입가에 내내 들러붙어 있었다.

"그래, 아무것도 안 했을 뿐."

사키는 최선을 다해 살아왔다.

나도 나 나름대로 살았다. 딱히 대충 살지는 않았다. 하지만 모든 것을 받아들이려 노력했던 게, 아무것도 하지 않았던 게, 이렇게까지 온갖 것을 돌이킬 수 없게 할 줄이야.

형은 말했다. 누구나 다른 누구에게도 없는 개성이 있다고. 너는 너일 수밖에 없다고.

그래, 그럴 것이다. 부정하려야 부정할 길이 없는 당연한 이야기다.

하지만 그것은 아무런 의미도 없다. 다르다는 것은 그것만으로 가치를 낳지 못한다.

사가노 사키가 사는 세계가 사가노 료가 사는 세계보다 좋은 곳이라는 사실을 눈앞에 두고도, 내게는 나만의 좋은 점이 있다고 생각할 수 있다면 그것은 상상력이 없는 차원의 문제가 아니다. 그냥 바보다.

나는 십중팔구 여전히 조금 웃는 얼굴이었을 것이다. 사키는 어쩔 줄 몰라 하는 것을 넘어 울음을 터뜨릴 듯 보였다. 그게 우스워서 말했다.

"댁이 슬퍼할 일이 아니라고 생각하는데."

사키는 그 말에 대답하지 않았다.

"……나. 나, 처음엔 널 단순히 위험한 녀석이라고만 생각했어. 하지만 이런저런 이야기를 듣는 사이에 진짜 동생처럼 생각됐는데.

그래, 나 정말 상상력이 부족했구나. 너한테 난 그저 눈에 거슬리는 존재라는 걸 깨달았을 만도 했는데."

"눈에 거슬려? 그게 아냐."

이 말만은 절대로 하지 않을 작정이었지만, 이게 마지막이라면 말해도 상관없겠지. 세상에 수치를 남기기 싫다는 기특한 생각은 내게 어울리지 않는다. 숨을 들이쉬었다가 말했다.

"부러운 거야."

이대로 당신 곁에 있으면, 나는 언젠가 당신 때문에 벌어진 불행에 일일이 손뼉을 치며 기뻐하게 될 것이다.

그게 아니면, 당신을 부러워하다 못해 당신을 숭배하고 맹목적으로 추종하는 어리석은 인간이 될지 모른다. ……어쩌면 이미 그런지도 모른다.

이제 더 할 말은 없다. 나는 천천히 일어섰다. 휴식도, 영양도 변변히 얻지 못한 채 겨울 공기에 노출되어 온몸이 마디마디 무디게 쑤셨다. 무시하고 한 발, 두 발 걸음을 뗐다.

"기다려 봐."

뒤에서 사키의 목소리가 들려왔다.

"너 어쩌려고? 진짜로 이제 어쩌려고?"

……어떻게 살아갈까.

나는 하늘을 우러렀다. 이미 캄캄해진 하늘은 노조미가 싫어했던 짙은 구름으로 뒤덮여 별 하나 보이지 않았다.

"지금까지 한 번도 생각해 본 적이 없지만, 지금 처음으로 든 생각이 있어."

집에 무슨 일이 있어도, 노조미가 죽어도, 나는 이렇게 될 수밖에 없었다고 생각하며 살아왔다. 하지만 그 생각이 틀렸다.

중얼거린 목소리가 작아 사키에게 들렸을지 어떨지 모르겠다.

"이제 더는 살기 싫어."

ボトルネック　終　章

어두운 빛

(드디어 말했구나, 사가노.)

그 순간, 강한 현기증이 나를 덮쳤다. 하늘과 땅이 뒤집힌 것 같은 평형 감각의 상실을 분명히 전에도 맛본 적이 있었다. 나도 모르게 눈을 질끈 감은 내 귀에 분명히 쉰 목소리가 들려왔다.

두 발, 세 발 뒷걸음쳤다가 가슴을 엄습한 감정에 필사적으로 눈을 떴다. 흠칫 놀라 뒤를 돌아보았으나 그곳에는 아무도 없었다. 저물녘의 어스름만 있을 뿐. 귓전에 남은 목소리의 여운을 지워 버리듯 파도만 우렁차게 부서졌다.

"사키."

불러 봐도 대답이 없고, 머뭇머뭇 "노조미"라고 한 것도 부질없었다. 휘몰아치는 바람에 그제야 깨달았다.

"여긴……."

도진보.

아사노가와 강변에 있었는데 하는 당혹감은 거의 없었다. 내게는 두 번째 벌어진 일이었다.

"돌아왔나."

아니면…… 돌려보내졌나.

주머니에서 휴대 전화를 꺼냈다. 날짜를 보니 월요일이었다. 소나무 숲은 이미 어둠에 가라앉아 있어 무엇이 있는지도 알 수 없었다. 사람은 보이지 않고 좁은 길과 거친 바위밭, 달조차 보이지 않는 어두운 밤하늘이라는, 마음이 스산해질 듯한 풍경 속에 우두커니 서 있으니, 어떤지 지난 사흘간의 의미를 알 것 같았다.

내가 뼈저리게 이해한 것이 무엇인지. 그리고 그것을 깨달은 순간 이 바닷가 절벽으로 돌려보내진 이유가 무엇인지.

……환청 같은 쉰 목소리가 내게 대체 무엇을 바라는지도.

나는 떨리는 손으로 얼굴을 가렸다.

잔인하다고 생각했다.

사키의 세계를 눈앞에 들이댄 다음 원래 세계로 돌려보냈다. 그게 어떤 의미인지, 앞으로 어떤 의미를 가질 것인지 나는 알고 있었다. 앞으로 내게, 내 주변 사람들에게 어떤 불행이 닥쳐도 나는 이제 결코 그것을 어쩔 수 없다고 받아들일 수 없다. 사키였다면 피할 수 있었을 것이다. 나였기 때문에 일이 이렇게 됐다는 생각에 늘 시달려야 할 게 틀림없다.

약하게 표현해도 저주다.

아니면 벌인가?

그저 한없이 두려웠다. 피부에 진동하는 우렁찬 파도 소리도, 귀를 에는 겨울바람도, 소나무 사이의 어둠에 숨어 있는 누군가도 무서웠지만, 나는 구불구불한 산책로가 가장 무서웠다. 그 길을 따라 일상생활로 돌아갈 생각을 하니 무서워 견딜 수 없었다. 일 년, 오 년, 십 년, 오십 년 이어질 시간과 그동안 맛볼 후회가 떠올라 숨이 막혔다. 그에 비해 눈앞의 사슬 너머에 펼쳐진 어두운 바다는 해방이라는 생각밖에 들지 않았다. 얼굴을 가린 손에 힘이 들어가 이마에 손톱이 박혔다. 나는 다 떨어진 스니커를 끌며 걸음을 내디뎠다. 사슬을 향해. 뇌리에 거듭해서 떠오른 것은 보틀넥은 제거해야 한다, 우선적으로 제거해야 한다는 말이었다.

지난 사흘간 내가 벌을 받았던 것이라면 이 절벽은 형장이라는 것을 알았다. 형장으로 아주 잘 어울린다는 생각이 들었다. 손가락 사이로 먹물을 탄 듯한 바다가 보였다. 그저께 꽃을 던진 곳, 이 년 전 노조미가 떨어진 곳으로 다가갔다.

……다만, 어째서 나를 심판하는 게 그녀였을까.

사슬을 타넘으려는데 휴대 전화가 갑자기 폭발적인 소리를 냈다.

어둠 속에 휴대 전화 액정의 희미한 빛이 떠오른다. 사흘 간 침묵했던 휴대 전화에 전화가 걸려 왔다. 처음 보는 번호였다. 마음이 바다로 우르르 쏟아지던 찰나 방해를 받아 순간 꿈을 꾸다 깬 기분이 들었다.

발이 사슬 바로 앞에서 멎었다. 통화 버튼을 누르자 바로 목소리가 들렸다. 시원스러운 목소리가.

"료."

"……"

"내 말 들어 봐. 사고에 한계는 없어. 너한테도. ……상상해 봐! 그 애가 진짜 바란 게 뭐야?"

나는 중얼거렸다.

"무리야. 무리야, 사키. 난 상상할 수 없어. 받아들이는 것밖에 못 해. 댁도 알잖아. 그런데 난 이제 받아들이는 것도 할 수 없어."

전화기 너머의 목소리가 갑자기 멀어졌다.

"아냐."

"아니지 않아. 이제 댁의 목소리는 듣고 싶지 않아."

대답은 한없이 먼 곳에서 들리는 듯했다.

"아냐. 사키가 아냐. 난 쓰유야. ……상상해 봐. 어제는 못 했던 일이라도 오늘은 모르는 일이야. 그것마저 아니라고 한다면 넌 이미 우리……."

"……기다려."

"은행나무를 떠올려 봐."

애당초 그런 전화가 걸려 온 적이 없는 것처럼 전화기가 갑자기 침묵했다.

나는 떠올려 보았다. 은행나무를. '그녀'가 내가 되려고 하기 전. ……농담으로 죽음을 바란 적이 있다는 것을.

은행나무를 못 베게 했던 할머니에 대해서였다. 할머니에 대해 그 애가 한 말은 '죽어 버려'였다. 나는 처음에 그것을 추잡하다고 생각했다. 하지만 그게 아니었다.

그녀에 관해 내가 안다고 생각했던 게 모조리 틀렸다 해도, 그때 그녀가 무슨 말을 하려 했는지는 안다고 생각한다.

할머니는 추억을 소중히 여겨 나무를 베지 못하게 했다.

그녀는 그 자체에는 관심이 없었을 터다. 그녀가 저주한 것은 그 때문에 할머니가 돈을 거절했다는 사실이었다. ……그녀는 돈을 원했다. 견딜 수 없을 만큼 원했다. 돈이 있었다면 그녀의 가족은 갈가리 찢어지지 않았을 테고, 그녀 자신도 누군가를 모방하려 할 필요가 없었다. 하지만 아무리 원해도 그녀는 돈을 가질 수 없었다. 그녀에게는 그럴 능력이 없었다. 그렇건만 눈앞의 은행나무는 할머니가 큰돈을 거절한 증거로서 서 있다. 그렇기에 그녀는 저주했다. '죽어 버려'라고.

그렇다면 그녀가 나를 벌하고, 저주하고, 밤의 바닷가 절벽으로 되돌려 놓은 것도 같은 이유에서일까.

그녀가 바라는 것, 바랐는데 얻을 수 없었던 것을 내가 거절하기 때문에.

그래서 그녀가 나를 저주하고 있다고?

……소나무 사이에, 바람 틈새에, 바다 저편에 나를 응시하는 눈이 있음을 느끼겠다. 그녀가 보고 있다. 사슬을 잡고 떨고 있는 나를. 그녀가 잃은 것을 나는 지난 이 년간, 아니, 그보다 더 오랫동안, 나서부터 줄곧 제대로 다루지 않았다. 상황에 몸을 맡기고 방치해 두었다.

하지만…….

이제 와서, 이제 와서 돌이킬 수 있을 리 없지 않나!

캄캄한 바다와 구불구불한 길. 그것은 실망한 채 끝낼 것
이냐, 절망하며 계속할 것이냐 하는 양자택일이었다. 어느
쪽이든 무거운 벌이라는 생각을 떨칠 수 없었다.

나 스스로 정할 수 있을 것 같지 않았다. 누가 정해 주면
좋겠다고 생각했다. 얼어붙은 시간을 깨뜨린 것은 이번에도
휴대 전화 호출음이었다.

이번에는 문자였다.

나는 그것을 보고 엷게 웃었다.

'료에게. 망신시킬 거면 영영 안 돌아와도 된다.'

\ 해설 \

그다음 한 걸음을

아마 1997년쯤

1978년 기후 현에서 태어난 요네자와 호노부가 십 대가 끝나 갈 무렵이었다고 하니 아마 1997년쯤이었을 것이다. 당시 웹 사이트에 창작 소설을 발표하던 그의 마음속에 한 아이디어가 깃들었다. 닿는 족족 베어 버리는 나이프처럼 마음이 예민하던 시기였기에 가능했던 아이디어였다.

그러나 그는 그 시점에 이렇게 생각했다고 한다.

나는 이 아이디어를 소설로 써 낼 역량이 아직 없다.

그런 생각으로 아이디어를 일절 구체화하지 않은 채 그는 2001년 작가로 데뷔한다. 그리고 일곱 편의 작품을 발표해

실적을 쌓았을 때, 데뷔작 이래로 일관되게 써 온 청춘 소설을 총괄하는 의미를 담아 문제의 아이디어를 실현시키기로 결심했다.

십 대의 끝 무렵, 대학 재학중에 얻은 아이디어를, 가나자와가 무대인 소설로.

2005년 12월 3일

2005년 12월 3일, 고등학교 1학년인 사가노 료는 이시카와 현 가나자와 시에 있었다. 그가 살고 있는 도시다.

왜 가나자와에 있나.

료는 그것이 이해되지 않았다.

그럴 만도 하다. 그는 후쿠이 현 도진보에 있어야 했으니 말이다. 이 년 전 연인인 스와 노조미가 추락사한 현장을 찾아간 그는 자신도 균형을 잃고 절벽에서 떨어졌다. 떨어졌을 터였다. 그런데 어째서 가나자와에서, 그것도 다친 데 하나 없이 의식을 되찾았나.

어쨌든 돌아온 집에는 사키라는 이름의 고등학교 2학년 소녀가 있었다. 처음 보는 인물이다. 그녀는 자신이 이 집 딸이라고 하는데, 료에게는 누나가 없다. 한편 사키는 남동생이 없다고 한다. 쌍방의 인식에 모순이 있다. 그런데 이것저것이야기하다 보니 두 사람이 같은 부모 밑에서 자라 같은 집에 살고 있었다는 사실이 확연해진다.

이와 같이 료는 자신에게 일어난 일을 엄연한 사실로 인식해야 하는 상황에 내몰린다. 자신이 다른 세계로 넘어 왔다는 것을. 지금 자신이 있는 곳은 자기 대신 사키라는 소녀가 존재하는 세계라는 것을.

이렇게 막을 여는 『보틀넥』이 바로 요네자와 호노부가 대학 시절부터 간직해 온 아이디어에 도전한 작품이다.

자신과 세계의 관계, 또는 자신이 이 세계에 존재하는 의미를 생각하는 이 소설의 골격과 세부가 대학 재학중 얼마만큼 모양을 갖추었는지는 분명하지 않다. 그러나 책이 되어 나온 모습을 보면 그가 이토록 다루기 까다로운 제재를 어엿한 엔터테인먼트로 완성시켰다는 것을 알 수 있다.

예컨대 료가 오게 된 사키의 세계를 독자에게 보여 주기 위해 제1장 초반에 사가노가를 무대로 두 사람이 이야기하는 장면이 있다. 요네자와 호노부는 남매의 일상적인 말다툼 같은 기분 좋고 간결한 대화로 독자를 즐겁게 해 주는 가운데, 두 세계가 지니는 차이의 본질을 명확히 그려 낸다. 깨진 접시와 깨지지 않은 접시 같은 상징적인 소도구를 이용해 차근차근 독자의 마음속에 두 세계의 다른 점이 스며들게 한다.

더욱이 후에 독자를 덮칠 충격에 대한 복선을 세심한 주의를 기울여 깔아 놓는 재주까지 부린다. 요네자와 호노부라는 작가(매 작품에 자신의 전력全力보다 한 걸음 앞을 목표로 한다는 진취적인 작가)가 착상에서 완성에 이르기까지 대략 팔 년이라는 기간 동안 이루어 낸 성장과 길러 온 자신감이 이제1장만 읽어도 뚜렷이 느껴진다(데뷔작『빙과』의 서두는 누나가 남동생에게 보낸 편지다. 그와 비교하면『보틀넥』제1장은 명백히 한 걸음 진화한 형태다).

복선이라는 관점에서 서장의 밀도는 주목할 만하다. 첫 줄에서 형의 죽음을, 둘째 줄에서 료의 연인 노조미가 이 년 전 죽었음을 독자에게 알린다. 그리고 어머니와 휴대 전화로 통화한 뒤, 도진보 절벽에서 노조미에게 바치는 꽃을 던진다. 그리고 추락. 그저 이것뿐인데, 종장까지 읽으면 서장에 얼마나 높은 밀도로 다양한 요소를 집어넣었는지 잘 알 수 있다. 이야기의 도입부로서도 기능하지만 그게 다가 아니다. 적은 페이지 안에 이렇게 여러 의미를 넣을 수 있다니 그야말로 장인의 예술품이라 할 완성도다.

배우자를 못 잊어 은행나무를 베지 못하게 한 노파의 에피소드가 이야기에 여러 차례 등장하는데, 이것도 인상적이다. 이 에피소드는『보틀넥』이라는 소설에서 참으로 다양한 역할을 한다. 복선으로 쓰여 잘 쓴 단편을 방불케 하는 속도로 회수되는가 하면(제2장 3절), 작품 전체를 꿰는 등뼈의 중요한 한 조각으로도 기능한다. 갈채를 보내고 싶어질 만큼 화려한 활약이다.

서장과 제1장, 은행나무 에피소드. 예를 드는 것은 이쯤 해 두기로 하고, 이렇듯 허비라 할 부분이 없는 점을 봐도 『보틀넥』이 미스터리로서 얼마나 아름다우리만큼 잘 짜였는지 여실히 알 수 있다. 좁은 의미의 미스터리적 성격은 제3장에서 제4장까지 노조미를 둘러싼 추리에 한정되지만(물론 그 부분은 그 부분대로 스릴 넘친다), 다른 부분에서도 그에 못지 않게 미스터리 팬을 매료시킨다. 요네자와 호노부가 쓰면 평범한 일상 묘사가 '일상 속의 수수께끼'를 녹여 넣은 일상 묘사로 변한다. 그가 처음 성인 독자를 대상으로 발표한『안녕 요정』에서도 그러했듯 말이다(다 같이 시내를 산책하다가 신사에 이르는 장면을 떠올려 보자). 별세계로의 비상飛翔을 제외하면 장치도 연출도 없고 좁은 의미의 미스터리 색이 그때까지 발표한 작품 중 가장 옅은 이 책은, 요네자와 호노부의 그 같은 '미스터리 작가'로서의 재능을 체감하는 데 가장 알맞은 텍스트라 할 것이다.

2001년

초등학생 때부터 머릿속으로 이야기를 구상했고, 중학생 때 원고지 육백 매에 달하는 경찰 액션 소설을 썼다는 요네자와 호노부. 대학 시절에는 앞서 언급했듯이 웹 사이트에 소설을 발표해, 그런 사이트들을 대상으로 한 순위의 미스터리 부문에서 1위를 차지한 적도 있다고 한다.

그런 요네자와 호노부는 오랜 세월 간직해 온 아이디어를 『보틀넥』이라는 형태로 실현시킬 것을 결의하기까지 어떤 작품을 발표했나. 그것을 여기서 간단히 돌아보자.

2000년대 초반의 일본 미스터리계는 가도카와 학원 소설 대상에 영 미스터리&호러 부문이 신설되고, 또 후지미쇼보의 후지미 미스터리 문고와 햐쿠센샤의 햐쿠센샤 My 문고가 창간되는 시점이었다(2000년 창간인 전자에서는 사쿠라바 가즈키와 가도노 고헤이가, 2001년 창간인 후자에서는 구로다 겐지와 기타야마 다케쿠니가 후에 작품을 문고로 발표했다). 이 같은 상황을 요네자와 호노부는 젊은 독자들에게 미스터리를 선보이려는 움직임이 태동하려 하고 있다고 판단했다. 그리고 자신도 그에 참여하기 위해 갓 탄생한 가도카와 학원 소설 대상 영 미스터리&호러 부문에 『빙과』(권영주 옮김, 엘릭시르, 2013)를 응모했다.

그 결과 보기 좋게 제1회 동同 부문 장려상을 수상, 『빙과』
는 2001년 가도카와 스니커 문고로 출간되었다(후에 가도카
와 문고에서 다시 간행).

폐부 위기에 처한 가미야마 고등학교 고전부에 들어온 1학
년 네 명이 주위에서 벌어지는 작은 사건들의 수수께끼를 풀
며, 그와 병행해서 삼십삼 년 전 가미야마 고등학교에서 일어
난 것으로 보이는 비극의 진실을 추적한다. 이 같은 줄거리의
『빙과』는 매력적인 학원 소설 속에 '일상 속 수수께끼' 요소
를 곁들이고 종반에 이르러 큰 수수께끼에 관해 등장인물들
이 추리 대결을 펼치는 취향의 작품이었다. 이듬해 2002년에
는 무대와 등장인물이 동일한 '고전부' 제2탄 『바보의 엔드
크레디트』(권영주 옮김, 엘릭시르, 2013)가 간행되었는데,
이쪽은 학교 축제를 위해 제작한 비디오 영화 내에서 그려진
살인 사건의 수수께끼에 고전부원들이 도전하는 이야기였다.
앤서니 버클리 콕스의 『독 초콜릿 사건』 같은 다중 해결의 재
미를 만끽할 수 있다.

요네자와 호노부는 그 뒤 얼마 동안의 공백 기간을 거쳐
2004년 도쿄소겐샤의 '미스터리 프런티어'라는 성인 독자를
주된 대상으로 하는 미스터리 총서에서 『안녕 요정』(권영주
옮김, 엘릭시르, 2015)을 내놓았다. 주인공과 친구들이 고등

학교 마지막 해의 두 달간을 공유한 유고슬라비아 출신의 소녀 마야. 그녀와 함께 보낸 평범하면서도 반짝이는 나날을 그리는 한편으로 정세가 불안정한 모국으로 돌아간 마야가 그 뒤 어떻게 됐는지 추리하는 측면도 갖춘 『안녕 요정』으로 요네자와 호노부의 이름은 미스터리 팬들 사이에 널리 알려지게 되었다(『이 미스터리가 대단하다!』에서는 20위를 차지했다). 같은 해 발표한 네 번째 작품 『봄철 한정 딸기 타르트 사건』(김선영 옮김, 엘릭시르, 2016)은, 호혜 관계라는 미묘한 거리로 짝을 이룬 고등학교 1학년 고바토 조고로와 오사나이 유키가 주인공인 연작 미스터리다. 소시민으로 사는 것을 무엇보다도 중요시하는 두 사람은 몇몇 수수께끼를 풀어야 할 상황에 처한다. 데뷔 당시부터 지지해 준 팬에게 감사의 마음을 담아 썼다는 이 작품은 가격 면에서나 내용 면에서나 목적을 흠 잡을 데 없이 완벽하게 달성했다.

이듬해인 2005년에는 '고전부' 시리즈 제3탄인 『쿠드랴프카의 차례』(권영주 옮김, 엘릭시르, 2014)를 사륙판 서적으로 발표했다. 가미야마 고등학교 축제중에 잇따라 일어난 도난 사건을 중심으로 펼쳐지는 이 작품에서는 고전부 네 사람 각각의 시점에서 이야기를 진행하는 시도가 이루어졌다. 그것도 네 사람 각각의 이야기를 그리면서 말이다. 그런 제약

(스스로 채운 족쇄) 안에서 미스터리로서도 청춘 소설로서도 매력적인 작품을 완성시킨 요네자와 호노부는 과연 작품을 거듭할수록 성장하고 있다.

『쿠드랴프카의 차례』가 나온 바로 다음 달, 요네자와 호노부는 여섯 번째 작품『개는 어디에』(권영주 옮김, 문학동네, 2011)를 또다시 '미스터리 프런티어'를 통해 내놓았다. 사립 탐정(단, 개 찾기 전문)이 주인공인 이 책은 요네자와 호노부가 처음 학교 밖을 무대로 쓴 작품이다.『개는 어디에』에서는 종반에 진상이 밝혀진 뒤 남는 씁쓸함에 주목하기를. 요네자와 호노부는 '수수께끼가 풀리고 나면 말끔하게 해결되는' 스타일에서 일탈하는 것에 대해 조금도 망설임이 없었다고 한다. 정형이 갖는 힘에 의지하지 않아도 자신의 소설은 결말까지 독자를 충분히 끌고 갈 수 있다는 자신감의 발로라 할 수 있을 것이다.

2006년에는 두 편의 작품을 발표했다. 첫째는 '소시민' 시리즈 제2탄『여름철 한정 트로피컬 파르페 사건』(김선영 옮김, 엘릭시르, 2016)이다. 고등학교 2학년이 된 조고로와 유키는 여전히 소시민을 지향하며 여름 방학을 맞이한다.『여름철 한정 트로피컬 파르페 사건』은 이 여름 방학중에 일어난 사건을 연작 단편풍으로 엮은 장편 미스터리다. 그나저나

이 작품, 남녀 고등학생이 맛있는 디저트를 먹으러 다니는 여름 방학중의 일상을 그리는데다 '트로피컬 파르페' 같은 달콤한 단어가 제목에 들어 있지만, 결말은 얼마나 씁쓸한지. 미스터리로서 수수께끼 풀이를 완벽하게 착지시키는데, 그 착지가 독자에게(특히 시리즈 독자에게) 주는 충격과 동요가 여간 큰 게 아니다. 읽고 나서 '봄, 여름이 나왔으면 이 뒤 가을, 겨울로 이어질 텐데 벌써 여기까지 써도 되나'라고 생각한 독자는 적지 않을 것이다. 요네자와 호노부는 소시민으로 살겠다는 조고로와 유키의 신조가 자의식 과잉이며 교만임을 밝히지 않고 지나갈 수는 없었다고 한다. 그렇기에 시리즈 제2탄의 단계에서 거기까지 써 둘 필요가 있었던 것이리라.

이 달콤하면서도 충격적인 작품에 이어 요네자와 호노부가 발표한 것이 이 책 『보틀넥』이다.

작가로 데뷔한 지 오 년. 항상 도전하며 이만한 작품들을 쌓아 올려 왔기에 오랜 세월 손을 대지 않고 간직했던 아이디어를 소설로서 완성할 수 있었던 것이다.

2009년

그나저나 『보틀넥』은 이 얼마나 가차 없이 주인공의 딱한 처지를 파헤치는가.

요네자와 호노부 자신이 한창 청춘일 때 얻은 아이디어를 작가로서 성장한 뒤 그려 냈기에 청춘 소설로서의 아픔이 이렇듯 생생하게 독자에게 다가드는 것이다. 청춘 소설로서 진지하게 임하면 임할수록 이야기가 상큼하고 새콤달콤하면서도 쌉싸래한 나날에서 멀어지는 것은 자연스러운 흐름이지만, 이렇게까지 선명하게 아픔을 표현할 줄이야. 과연 시간을 들여 아이디어를 숙성시키고 작가로서 실력을 기른 뒤 집필에 임한 작품답다.

게다가 그 수법은 평행 세계라는 '비현실'을 개입시킴으로써 료의 심정을 사실적으로 그려 낸다는, 미스터리 작가이기에 가능한 흡사 곡예 같은 기술이다. 요네자와 호노부는 거기에 등장인물의 조형과 그들의 행동 및 대화, 그리고 그것을 엮어 나가는 차분한 문장으로 피와 살을 부여했다. 그 결과, 그런 곡예처럼 대담한 수법이 표현 방법으로 이것 외에 없었다 싶을 만큼 설득력을 얻었다. 그저 발상만 앞서는 게 아니다.

또 처음 아이디어를 얻은 십 대의 끝 무렵과 실제 집필한 스물여덟 살 때는 요네자와 호노부를 둘러싼 환경도, 작가 자신의 피부 감각도 달라져 있었다. 그렇기에 어려움도 있었다지만, 작품 자체에는 집필 당시의 고생이 스며들어 있지 않다. 프로로서 당연한 일이라지만 작가의 이런 성실함이 더할 나위 없이 기쁘다.

『보틀넥』으로 요네자와 호노부는 '데뷔 전부터 마음에 두고 있었던 언젠가 써야 할 것'을 하나 이루었다. 그러나 '언젠가 써야 할 것'은 하나 더 남아 있었다. '본격 미스터리를 쓴다면 적어도 한 번은 클로즈드 서클에 도전해야' 한다는 기분으로 대학 졸업을 앞두고 만든 플롯이 있었는데, 이것도 실현시켜야 한다는 생각이 줄곧 있었다. 그쪽 숙제를 해결한 것이 아홉 번째 작품인 『인사이트 밀』(최고은 옮김, 엘릭시르, 2022)이다.

고액의 보수에 낚여 클로즈드 서클에 모인 남녀. 폐쇄 환경에서 벌어지는 살인과 추리의 응수를, 마치 미스터리 마니아를 노린 것처럼 대량의 장치를 곁들여 그린 『인사이트 밀』. 그런 경우 참가자 전원이 미스터리에 대한 지식이 많다는 설정으로 만들기 쉬울 텐데 미스터리에 관심 없는 사람들도 섞어 넣은 데에서, 요네자와 호노부의 뛰어난 균형 감각이 드러난다. 미스터리 팬들의 배타성(자의식)과 그 바깥쪽에 존재하는 미스터리에 전혀 관심 없는 일반 사람의 냉혹한 대비는, '소시민' 시리즈며 『보틀넥』을 통해 자의식을 탐구해 온 요네자와 호노부이기에 그릴 수 있었던 것이다. 그러면서 본격 미스터리로 이야기를 맺는 것에서 요네자와 호노부의 미스터리에 대한 사랑이 엿보인다.

『보틀넥』과 『인사이트 밀』로 작가로서의 보틀넥을 해소한 요네자와 호노부는 그 뒤로 시리즈 작품을 소중히 키워 가는 한편 미스터리 작가로서 더욱 자유로운 활동을 계속한다.

『인사이트 밀』에 이어 2007년에 간행된 '고전부' 시리즈 제4탄 『멀리 돌아가는 히나』(권영주 옮김, 엘릭시르, 2014)은 네 사람이 고등학교 1학년 일 년간 마주친 사건을 시간 순으로 배열된 일곱 편의 단편으로 엮은 작품집이다. 『빙과』와 『바보의 엔드 크레디트』, 『쿠드랴프카의 차례』 사이사이 그들이 어떤 나날을 보내고 있었는지 아는 즐거움도 맛볼 수 있다. 물론 단편 미스터리로서도 하나같이 뛰어난 작품들이다.

2008년에 간행된 신작은 한 권뿐이지만 수준이 무척 높았다. 『덧없는 양들의 축연』(최고은 옮김, 엘릭시르, 2024)은 책과 기상奇想을 테마로 최후의 일격이 주는 충격을 철저하게 추구한 다섯 편의 단편을 한 독서 모임을 공통항으로 엮어 낸다. 각각의 단편도, 장정을 포함한 한 권의 책으로서도 완벽하게 정련된 이 작품은 또한 '청춘 미스터리'라는 딱지에서 해방된 작품이기도 하다(검은 해학이 가득하다). 프로 작가로서 열 편의 작품을 세상에 내놓은 뒤 쓴 이 『덧없는 양들의 축연』으로 요네자와 호노부는 자신의 또 다른 매력을 보여 준 셈이다.

그리고 2009년, 열두 번째 작품에 해당되는 『가을철 한정 구리킨톤 사건』(김선영 옮김, 엘릭시르, 2017)이 간행되었다. 요네자와 호노부의 작품 중에서는 처음 상하권으로 구성된 이 책은 2월과 3월, 두 번에 나뉘어 나왔다. 제목에서 알 수 있듯이 물론 '소시민' 시리즈 제3탄으로, 조고로와 유키가 사는 지역에서 발생한 연쇄 방화 사건에 두 사람이 각각의 교제 상대와 함께 미묘하게 얽혀 가는 장편이다. 시리즈 첫 번째나 두 번째 작품보다 장편의 색채가 짙으며, 일상 속 수수께끼를 다루는 단편 요소는 이 책 『보틀넥』과 마찬가지로 일상 묘사 속에 교묘하게 끼워 넣어졌다. 전체적으로는 음모의 실이 종횡으로 그물처럼 쳐져 있어 심지어 청춘조차 그에 옭아매어지는 장렬한 '청춘 미스터리'다. 『겨울철』은 대체 어떻게 될 것인지.

열세 번째 작품인 『추상오단장』(최고은 옮김, 엘릭시르, 2023)은 큰아버지의 고서점에 얹혀사는 청년이 다섯 편의 리들 스토리의 행방을 추적하는 장편이다. 리들 스토리는 곧 결말이 독자에게 제시되지 않는 소설이다. 요네자와 호노부의 오리지널 리들 스토리를 다섯 편이나 즐길 수 있다는 것만 해도 매력적이지만, 그것을 그가 어떻게 요리하는가 하는 점에도 관심이 모일 것이다. 결론부터 말하자면 요리사의 실력은 역시 출중하다. 『보틀넥』 마지막 페이지의 맛에 만족한 독자는 『추상오단장』도 꼭 읽어 보기를 바란다.

'자신이 있는 세계'와 '자신이 없는 세계'를 싫든 좋든 비교해야 하는 상황에 처한 소년을 소년의 일인칭으로 그린 『보틀넥』은 요네자와 호노부가 처음 현실에 존재하는 지역을 무대로 삼은 작품이자, 등장인물들에게 괜한 선심을 쓰지 않는 성실한 작품이기도 하다.

료의 존재는 세계에게 플러스였는가, 마이너스였는가, 아니면 제로였는가. 그리고 그런 잔혹한 뺄셈의 결과를 안 료는 그다음 어떤 한 걸음을 내디디는가.

답은 이 책을 읽고 난 독자의 마음속에 있다.

2009년 8월, 미스터리 평론가
무라카미 다카시

권영주

서울대 외교학과를 졸업하고 대학원에서 영문학을 전공했다. 옮긴 책으로는 헬렌 매클로이의 『어두운 거울 속에』, 요네자와 호노부의 '고전부' 시리즈와 『안녕 요정』을 비롯하여 『삼월은 붉은 구렁을』(제20회 노마문예번역상 수상)부터 『달의 뒷면』까지 온다 리쿠의 작품 다수와, 미쓰다 신조의 『잘린 머리처럼 불길한 것』 등이 있다.

보틀넥

초판 발행 2014년 3월 10일
2판 1쇄 2015년 11월 5일
2판 4쇄 2024년 7월 3일

지은이 요네자와 호노부
옮긴이 권영주

책임편집 지혜림
편집 임지호
표지디자인 이혜경 **본문조판** 이정민
저작권 박지영 형소진 최은진 서연주 오서영
마케팅 정민호 서지화 한민아 이민경 안남영 왕지경 정경주 김수인 김혜원 김하연 김예진
브랜딩 함유지 함근아 고보미 박민재 김희숙 박다솔 조다현 정승민 배진성
제작 강신은 김동욱 이순호 **제작처** 영신사
독자모니터 이순정

펴낸곳 (주)문학동네 **펴낸이** 김소영
출판등록 1993년 10월 22일 제2003-000045호

주소 10881 경기도 파주시 회동길 210
문의 031-955-2637(편집) 031-955-2696(마케팅) 031-955-8855(팩스)
전자우편 elixir@munhak.com **홈페이지** www.elmys.co.kr
인스타그램 @elixir_mystery **X(트위터)** @elixir_mystery

ISBN 978-89-546-3773-2 (03830)

엘릭시르는 출판그룹 문학동네의 장르문학 브랜드입니다.